博客思出版社
不能停止心動的女人
風箏秋 著

開啟自己巨大的心靈世界

這是一部很具寓意的小說，透過婚姻禁忌和冒險流浪的兩條主線，風箏秋呈現給讀者的是一個充滿熱情和追求真我的故事。

小說的主角離鄉之後，開始了新的嘗試，也給自己創造了新的生命體驗。流浪、迷途是她必經的過程，只有這樣才讓她慢慢的找到自己，這真的是一段令人驚訝的人生旅程。從她在迷惘時所選擇的人生道路，我們更看到了主角鮮活豐富的個性。故事的結尾是很重要的、我們看到了，主角在體驗到了世界之大的同時也開啟了自己巨大的心靈世界。

Fdil Abdellatif

6月17日2016法國圖盧茲

求真—反思自己人生的選擇

風箏秋本人就像她小說裏的主角一樣迷人，不羈的性格更透著真性情、智慧、率直、還有一個追求真理的心，然而要將這些本質融入於小說的主角呈現給讀者，是一個很大的挑戰，尤其從台灣文化的視角來看，主角很有可能被讀者詮釋為不守婦道、甚至有可能被掛上個不孝子的罪名……儘管如此，我相信讀者仍會不由自主被這樣一個角色吸引；面對生命的不可知，她不但沒有退縮，反而勇敢地尋求那可以豐富生命的大海；最引人入勝的是她對台灣文化和道德的挑釁，將會讓許多台灣讀者開始反思自己對人生所做的選擇。

6月5日2016 Peter Creutzfeldt

Peter Creutzfeldt 是德國書-《大腦巔峰》表現的作者

生命的深度從尋找「我是誰」開始

此刻，艷陽高照的午後，自己正坐在法國南部一座遠離塵囂的葡萄酒莊園。綠油油的葡萄樹叢裏，傳來寧靜的鳥語蟲鳴，空氣裏瀰漫著滲人心扉的玫瑰花香……此情此景，我執著筆，正要為生命中的第一本小說寫下自序。

身為一個在台灣土生土長的女性，從小就不得不佩服那獨守寒窯18年的貞潔王寶釧，還有那無數個把自己感動到一把鼻涕一把眼淚「一生只要愛你一人」的瓊瑤小說。《不能停止心動的女人》這樣一個故事，這樣一個書名，對台灣女性的道德意識，對自己唯美的愛情觀似乎都是種挑戰。然而，到底主角將在讀者眼中成為千夫所指的潘金蓮？還是勇於追尋自我的新時代女性？我拭目以待！

這是一部異國婚外情小說，初稿在3年前其實就已完成，擱置了2年，在先生鼓勵下才終於完了稿。書中主角取名若盈，有著彷若盈滿卻是空虛的隱喻。在一次禁忌的婚外情之後，她徹底地迷失了，於是她離開了故鄉，一場「我是誰？」之旅從此展開。

「我是誰？」這個問題，有人用了自己的名字，3秒鐘就回答了這個問題，有人卻用了一輩子去尋求答案。當我自己也踏上這趟旅程時，才發現這是條生生世世也不一定走得完的旅程，而生命的「深度」似乎也從這個問句才開始真正起了頭。

6月6日2016 風箏秋

目次

第一章　黑夜

第一章　黑夜

西元2000年12月，一個混沌未明的黑夜，若盈正在往新加坡轉機到印度孟買的旅途上……長空下的飛機正朝著遠離台灣的方向馳騁去，而她的思緒卻忍不住飄回到也許還躺在床上的他—前幾天才成為「前夫」的丹尼。

記得前幾天在辦離婚手續時，新竹戶政辦事處的小姐還滿臉詫異的問：

「不會吧！你們倆看起來還挺恩愛的，真的要離婚嗎？」

她和丹尼無奈地互望了對方一眼，苦笑著點了點頭……

辦事處的小姐還是稍微猶豫了一下：

「哦！這樣……嗯……沒關係，就算你們現在離婚了，半年內後悔了，你們的婚姻還是可以再恢復的。」

若盈微顫的手簽下離婚協議書之後，便把那薄薄的紙慢慢的遞給了丹尼。

丹尼接下那張薄薄的紙，凝視了一下，吸了口氣……扭扭曲曲的英文名就在他吐氣的霎那間草草劃下了！

看著他也簽下了離婚協議書的瞬間，一股莫名的酸就在若盈心中散成了一大片……

臨別前的幾個小時，面帶感傷的丹尼仍然體恤地問：

「要不要送妳到機場？」溫柔的聲音像根針似的，扎得若盈心裏隱隱作痛！

她搖了搖頭：

「不要好了……我已經預訂計程車了！」

接下來的整個夜晚她和丹尼就這樣背對著背、身體不碰身體的躺在一張床上，黑暗像離愁，重重的圍繞著他們。若盈聽到丹尼微微的呼吸聲，這和以往他睡著的呼吸聲不一樣，她知道丹尼根本就沒有睡著，不過她也不願開口打破這沉默，怕一開口那五味雜陳的情緒又會再度流瀉出來，就這樣她和丹尼誰也沒再開口說過一句話……

好不容易熬到了凌晨一兩點，害怕和丹尼說再見的若盈，躡手躡腳地起床梳洗後，手裏便拉著一隻小行李、肩上背著一把佛朗明哥吉他，輕輕地她開了門又遲疑地關上了門。

踏出家門後，預訂的計程車已在外面等候。司機一看到若盈，便很快地從車裡走了出來，將她的隨身行李和吉他放在後車廂。若盈回首看了房子最後一眼，深深地嘆了口氣後便跳進了車內。

在開往中正國際機場的計程車內，司機問道：

「要到那裡玩呀？」

「玩！？」

這只是台灣人慣用的一個旅遊問字，但在此刻的若盈聽來卻有著這麼一點自嘲的味道，她喃喃地在心中默唸著這個字後簡短地回答：

「印度……」

司機訝異的從車內的後視鏡窺視了若盈一下：

「印度！就一個人呀，那麼瀟灑！」

聽到「瀟灑」這兩個字，若盈那心就像被扭了一下，她佯裝無事，輕輕地應了聲：

「嗯……」

司機見若盈不多言，便隨手遞了張名片給她：

「回國時打電話給我，我可以去接機，24小時接送。」

若盈垂下眼簾，凝視著手中的名片，呢喃似的回答：

「哦！好……」

她迷離的眼睛望向窗外黑漆漆的夜空，心裏卻如明鏡似的，這步若真的踏出去了，就等於是不歸路了！一想到自己正在往不歸路的方向走去，她就不自覺地在心中打了個冷顫！

「何時回台灣？」

這樣的問句只要在她的腦海中多停留一秒鐘，就會讓她失去往下走的勇氣，她不自覺地甩了甩頭，深深地呼了一口氣，將這惱人的問題拋到腦後。

下了計程車，辦完登機手續，若盈便走進了候機室。候機室內冷冷清清沒幾個旅客，她面無表情的坐在椅子上，心頭卻是一團密密麻麻的剪不斷理還亂。沒多久，登機的廣播聲響起，她站了起來，木然地隨著其他旅客登上飛機。

機艙裏微弱的燈光下，乘客零零散散的東坐一個西坐一個。呆坐在機位上的她，思緒忍不住回到了兩年前那鬧騰騰的婚禮上，那時親戚朋友正向自己的父母親道賀著：

「你們的女兒真厲害，嫁了個美國帥哥哦……」

從那一聲聲的道賀和父母笑得合不攏的嘴，若盈知道她已從一個還不錯的女兒，登上了父母心中最榮耀的寶座！只不過那「榮耀」持續不到幾年就成了所謂的「家醜」，所以離婚是瞞著父母親秘密進行的。

離開前若盈告訴丹尼：

「等我到達印度後，能不能再幫我把其他的衣物送回我父母家，什麼都別說，只告訴他們，我們離婚了……其他的我會傳電子郵件向他們解釋。」

她其實知道自己是無法向家人解釋什麼的，因為連她都無法給自己一個合理的解釋。

記得那次和大學男友啟斌在機場分手的時候，結束對她來說只不過就是那一轉身的「清澈之悟」，沒有淚水，沒有痛苦；而這次她覺得自己是一幅被打散的拼圖，凌凌亂亂的散落成東一片西一片，無力再重組拼圖的她，茫茫然地坐在昏暗中。

飛機終究還是緩緩升空，而她臉頰上的淚珠卻不知不覺地在長空中墜落……

第二章　初戀

第二章　初戀

結婚之前，若盈曾經有過一個台灣男朋友，那是一場刻骨銘心的校園愛情。

剛進大學的時候，經常翹課的她莫名其妙地被選為日文系一年級的康樂組長，同學以為她一定是忙社團忙得沒有時間去上課，覺得她一定是特別活躍，所以便選了她當康樂組長。而啟斌當時正是土木系二年級的康樂股長，所以若盈第一次遇到啟斌時，就是在日文系和土木系辦聯誼的討論會上。

啟斌有著一副稍微顯瘦的臉頰，挺直的鼻樑上掛著一副黑色的眼鏡，身材中等，笑起來很窩心，還說著帶點腔調的台灣國語。不知道為什麼若盈第一次看見啟斌時，就有一種說不出的熟悉和親切感。在兩班的烤肉聯歡會結束時，啟斌也主動當護花使者送她回宿舍。

在若盈自己精心佈置的單人宿舍裏，她與啟斌面對面坐在柔軟米白色的地毯上，啟斌身體慵懶地斜靠在牆邊的抱枕上，愜意地說：

「坐在這裡和妳聊天的感覺真好！好奇怪，有生以來第一次有這種感覺，說不上來是什麼……我可以在這裏待久些嗎？」

若盈手裏正抱著一個米白色的抱枕，抱枕上的圖案寫著「難得糊塗」四個毛筆字。她的身體也懶洋洋地靠在柔軟淡粉紅的床邊。旁邊方形的矮木桌上，垂吊著一盞大大圓圓的紙燈籠，燈籠內透出微微幽黃的燈光，照映著若盈當時體貼的心，她溫柔地回答：

「嗯，可以的！」

就這樣兩個孤男寡女同處一室，什麼也沒發生，只是聊天聊到了徹夜通宵。

第三天清晨，啟斌很早就在若盈的宿舍窗口，滿臉微笑的和她揮手打招呼，她一見到啟斌，便滿心雀躍地跑去給他開門。

啟斌一走進門，一股腦兒就塞給她一大把的原子筆，紅的、藍的、黑的……

「那晚，我看到妳的書桌上只有2支原子筆，我想妳可能需要原子筆。你先拿著這些筆，我趕著去上第一堂課，上完課後再回來找妳……」

啟斌話才說完，便急急忙忙地跑走了……

若盈這才意識到啟斌是冒著上課遲到的危險先到她這邊來的。目不轉睛地她望著那不等她回話就離開的背影……一大把的原子筆仍然在她手中傳遞著啟斌手裏的餘溫，而那餘溫就在她手裏化成了甜蜜蜜的什麼緩緩地往上攀升，然後又悄悄地溜進了若盈的心湖，而心湖就這麼微微地蕩漾著……

女孩的心都是讓鮮花給打動的，此時此刻，若盈的心卻被一大把的原子筆給打動了！

從這天起，大學校園裏便添加了一對墜入情網的青春男女，他們的同學都開玩笑地說，兩個康樂組長辦的聯誼，根本不是為班級辦的，而是為他們自己辦的。熱戀中的他們那管什麼三七二十一……他們的足跡、笑聲就這樣任性地充滿在校園的每一個角落，直到兩人都大學畢業！

不過，這份在象牙塔庇蔭下成長的愛情，在第一次拜訪啟斌的父母時就面臨了小小的考驗。

進門之前，若盈滿懷不安地問啟斌：

「萬一你爸爸媽媽不喜歡我怎麼辦？」

啟斌抿著嘴角愛笑不笑的，斜下眼盯著緊張不安的若盈，不正經地回答：

「醜媳婦還是要見公婆的，擔心也沒用！」

若盈被他這麼一鬧，害羞地打了他一下說：

「討厭！人家正緊張……」

和別的女孩一樣，若盈嘴上說討厭，心坎上卻是那甜甜的滋味！

儘管如此，她還是帶著一顆忐忑不安的心隨著啟斌走進了他的家門。

室內的光線很暗，地面是灰白的水泥地，一進門的前方和轉角處堆了如山的不知是什麼的白色貨物，沿著貨物之間的走道進去，便看見貨物的右邊是一個鐵架，鐵架上放了台電視機，電視機後面一道牆隔著的是廚房，電視機對面是一張大圓飯桌和幾張塑膠圓凳，大圓桌旁又放著一張靠牆的辦公桌及黑色的辦公椅，桌子上方的牆上掛有一個長型白色的日光燈管，燈管下掛著一個小黑板，客廳再走進去就是一個放滿紡織機的小型工廠，兩個台階和一扇玻璃推門就隔在客廳和廠房之間。

若盈這才看明白，這個所謂的「客廳」原來是餐廳、也是倉庫。她後來才知道啟斌的父母是白手起家，辛辛苦苦了一輩子才創建這個家庭式的紡織廠。不過，他們並不窮，只是崇尚節儉之道，不實用的東西，絕不花錢買。

若盈一走進客廳中心，便看到啟斌的母親站在飯桌旁邊，低著頭帶著老花眼鏡，兩手正在搓弄著像毛線的東西……

若盈戰戰兢兢地和她打了個招呼：

「伯母好！」

啟斌的母親抬起頭和若盈對看了一眼，回答聲「嗯」後，又低下了頭繼續搓弄著她手上的東西。

若盈緊張地回頭望著啟斌，啟斌根本就不覺得哪裡不對勁，仍然平靜的對若盈微笑著。

就在此時，啟斌的父親從裏面的紡織廠裏走了出來，

若盈很快地又向他打招呼：

「伯父好！」

啟斌的父親回應了一聲「嗯！」，看了一下若盈後，又低下頭走到了啟斌的母親身邊並和她小聲的交談了起來。

若盈聽不太清楚他們在說什麼，不過現在這情況和若盈之前想的完全不一樣，她以為啟斌的父母至少會先請她坐下，然後倒杯茶聊聊天之類

的……她分不清啟斌的父母親對她是隨意？還是冷淡？

啟斌似乎還是看不出有什麼不對勁，微笑地看了若盈一眼後，便和父母親用臺語交談了起來。若盈這時才恍然大悟，原來啟斌的父母不會說國語，是道道地地的台灣人。而她自己卻是道道地地的客家人，她雖聽得懂臺語，但不太會說臺語。所以接下來啟斌的父母也沒和若盈聊些什麼，第一次的見面就這麼草草收場。

儘管啟斌之前也的確告訴過若盈，他的父母就是想看她一眼而已。只不過若盈萬萬沒想到他父母親所謂的「看一眼」，原來真的就是一句話不說的「看一眼」。

這次見面之後，若盈總三不五時地就要問啟斌：

「你的爸媽是不是不喜歡我，我覺得他們對我好冷淡！」

而啟斌總是回答：

「哪有！他們本來就是這個樣子，妳就別多想了！」

不過沒有多久，啟斌的父母便開始向啟斌抱怨若盈是客家人不會說臺語，無法與他們溝通。雖然，若盈也曾試著和他們用簡單的臺語溝通，不過他們的回應是，她的臺語發音應該可以再標準一點。之後，她能不去就儘量不去啟斌的家……遇到非得去情況，若盈都是神經緊繃、如坐針氈。

啟斌的父親，不單單只是因為若盈不會說臺語，他實在也見不得自己的兒子三天兩頭的就往若盈的宿舍跑，有時甚至還留在若盈的宿舍不回家睡覺。還未認識若盈之前，不管是週末或大學沒課的時候，他的乖兒子都會留在家裡幫忙紡織廠的工作，但自從認識了若盈之後，啟斌只要一有空閒或週末都會跑到她那邊。他不時地還會諷刺兒子：

「這麼年輕就讓自己一生的感情被一個女子給騙去，真是丟男人的臉！」

另外，啟斌的家庭是三代同堂，兩個哥哥嫂嫂還有孩子都住在同一個屋簷下。那二嫂常抱怨為什麼啟斌的房間和他們夫妻是同一層樓，她一直希望全部的一個樓層都屬於他們夫妻自己的。二嫂除了斤斤計較外，也不知為什麼就是與若盈八字不合，每每聽到啟斌的父親對若盈不滿時，她都會火上澆油地說：

「人家是大學生，是金枝玉葉！」

儘管如此，啟斌的父親看見自己的兒子七年來怎麼都離不開若盈，又加上大兒子，二兒子都已成家，想想小兒子也該是成家的時候了，於是便催著他們趕快結婚，反正若盈和啟斌婚後也讓他們住家裡，到時候「子孫滿堂」才是最重要的。

有了父親的支持後，啟斌滿心歡喜地寫信告訴了當時還在日本出差的若盈，不過若盈還未收到那封信之前，已連續做了三天類似的夢——夢裏，自己和啟斌已經結婚了，她很想去看一場歌劇，卻遲遲不敢告訴啟斌……

那三天，她都是從這種鬱鬱寡歡的夢境中醒來！

其實若盈早就發覺他們之間價值觀的差異，啟斌在她面前對她爸爸的嘲諷，似乎還在她耳旁縈繞不去……

：「妳爸爸好像有錢沒地方花耶，每次來妳家都會看到客廳內新的擺設和新的沙發。」

每次聽到這樣的嘲諷，她總是把它當耳邊風，睜一隻眼閉一隻眼就是不肯去正視她與啟斌之間的差異。

不過，就在她和啟斌認識的第五年，他們終於發生了一樁難以彌補的爭吵……那晚她和啟斌還有他的父親坐在他們家的客廳裏看電視，新聞正在播報某位有名的意大利男高音來臺演唱的消息，歌迷們一大早就在售票口處大排長龍，有些人排到中午都還沒買到票，於是索性就在原地買午餐飯盒吃。這時啟斌的父親突然脫口大罵：

「笑a！（臺語）」

啟斌也跟著罵：

「笑a！」，聲音極為粗俗不堪入耳。

若盈聽得懂「笑a」就是瘋子的意思；

接著新聞又報導了時裝秀表演，啟斌又不假思索的說：

「拜託，這些衣服那能穿著走在街上啊！」

回到啟斌的房間時，若盈坐在地板上雙手抱著吉他，一邊撩撥著琴弦，一邊順口說道：

「我覺得你們若不喜歡沒關係，不用罵人是瘋子嘛！」

沒想到啟斌覺得若盈這句話聽來刺耳，這根本就是未過門的兒媳婦在諷刺未來的公公，這是大不敬。

突然他的兩顆眼睛就像著了火似的怒斥若盈：

「他們本來就是瘋子，妳別假有水準。」

若盈本想和啟斌溝通溝通而已，沒料到他會那麼蠻橫不講理，於是也板起臉，不甘示弱地辯駁：

「你們自己不懂欣賞，就要批評別人，太沒風度了吧！」

啟斌的怒氣變得一發不可收拾，他一個箭步跳到若盈身邊，猛然地搶了她抱著的吉他，又以迅雷不及掩耳的速度地將它高高舉起，又狠狠地將它敲在桌面上，只聽到「砰」的一聲巨響，吉他就這麼被摔碎了。這一切都發生的那麼快，若盈還未搞清楚發生什麼事，她心愛的吉他就已經破碎了！

接下來是一片短暫的鴉雀無聲……

手裡還握著破吉他的啟斌，事實上還未完全消氣，不過當他一轉頭瞧見坐在地板上的若盈，表情像座冰山一句話也沒說只是冷眼看著前方時，他開始心虛了，聲調也有點泄了氣似的：

「說話呀，妳幹嘛不說一句話……」

若盈還是漠然地看著前方不說一句話，

啟斌走近坐在地板上的若盈，蹲了下來：

「說話呀……」聲音稍稍微弱了些，

若盈的臉仍如同石膏像一樣，大大的眼睛空洞洞地看著前方……

啟斌的手輕輕地推著若盈的手臂：

「說話呀……拜託妳說話好嗎……」聲調漸漸由緊張轉為求饒。

不知過了多久，她慢慢地將視線轉向啟斌，雙眸內一層冷冷的淚光：「以後你若對我用暴力，只要再一次，我們就分手！」她的聲音是那麼的堅定。

啟斌被嚇了一跳，他突然有點恍惚，眼前這個若盈還是他原來那個小鳥依人、甜美溫柔的若盈嗎？

對若盈來說，那「砰」的一聲其實不是吉他摔碎的聲音，而是心碎的聲音。在那一瞬間，她切切地感受到自己那顆碎了的心，驟然地降溫降到了攝氏零度以下。她這才知道，心碎的時候原來不會痛而是冷……

之後啟斌雖不敢再對她有過任何暴力行為，但若盈那拼拼湊湊回來的心，似乎早已失去了原有的溫度。

畢業後他們更是由於工作的關係而漸行漸遠。啟斌不斷地抱怨若盈變了，沒有像在校園時那樣的在意他。而若盈卻覺得啟斌不夠成熟，也不夠體貼她剛入社會的辛苦和壓力！兩年來他們幾乎都是在口角和冷戰中渡過。

若盈雖提出過幾次分手，不過藕斷絲連了一整年也沒分成。她一直沒辦法真正狠下心，而啟斌也一直在欺騙自己，總想將這段感情挽回。在他父母那邊他也裝作若無其事，這才釀成了連他父母都要請媒人到若盈家裡來提親的地步。

若盈一遍又一遍的回顧著自己的夢境和與他漸行漸遠的感情，那三代同堂的複雜關係……她知道此刻是下決心的時候了。

從日本回到台灣的若盈，於是鐵了心的告訴啟斌：

「我要出國學英文……」

啟斌瞪大了雙眼、下顎往前移了一下：

「什麼？」

若盈深深地吸了口氣後，一個字一個字的又從她口中重新吐出：

「我」「要」「出」「國」「學」「英文」……

啟斌這次聽清楚了，他雙眉緊皺成兩撇微張的八字：

「我就不明白台灣有什麼不好，妳就非到國外去！結完婚再去不可以嗎？」

若盈不妥協的繼續說：

「我一直有個夢想，就是遊歷世界、體驗不同的文化。而且，英文流利了，以後找工作容易。更何況，你爸媽大概也不贊同我結了婚再出國遊學吧，他們那麼保守，大概還會說我不守婦道！」

在日本工作的那三個月她總覺得格格不入，到底是哪裡不對自己也說不上來，她本來就已經盤算要到澳洲去學英文，只是一時下不了決心，這次啟斌的催婚等於是幫了她的忙。既然分又不分不成，結也結不成，乾脆離開一陣子再說。

而怎麼樣都說服不了若盈的啟斌，其實也擔心婚後若盈真的會為了出國而忤逆他的父母，他知道他的若盈已不再是小鳥依人那樣柔順了，他最怕的就是夾在父母和若盈之間，兩面不是人的情況，無奈之餘只好順著她。

三個星期後，啟斌送若盈到桃園中正機場，正要彼此道別的時候若盈突然靈光一閃，接著她聽到自己對啟斌說：

「六個月後如果我沒回來找你，就當我們緣份已盡了，找個好女孩結婚生子，不要等我！」

啟斌也似乎已經感應到什麼似的，悶頭悶腦地嘀咕著：

「怎麼覺得從今以後再也看不見妳了……」

若盈並不太清楚自己為什麼突然要這樣說，無法解釋的她輕輕地擁抱啟斌後轉身便離了去！

不過就在這一轉身，她突然感受到一種前所未有的釋然！而「不再回頭」的念頭就在她轉身的這一瞬間發生了！七年來原以為生死都應該相隨的校園愛情，就這麼被若盈悄悄地劃下了句點。沒有痛苦，沒有淚水，只有霎那間「緣盡情了」的清澈之悟……

第三章 異國遊學

第三章　異國遊學

到了雪梨的若盈，充滿了對西方文化的好奇與興奮，不但沒有因為與啟斌的分手而感到一丁點的感傷，反而有一種說不出的輕鬆自在，就像被囚禁了幾年的犯人，重獲自由後的那種快感，她覺得整個人輕得像要飛起來一樣。

她寫了封信告訴啟斌分手的決心，啟斌也連連來信表示不能接受。若盈沒辦法，只好不再回他的信，她覺得這是讓他徹底死心的最好方式。

出國前，若盈替自己在雪梨市中心安排了一所語言學校，也安排自己寄宿在澳洲當地居民的家庭裏，也就是「Homestay」的意思。因為這樣可以讓自己的英文更快進入狀況。

若盈的第一家「Homestay」是一個平房，小小的房子裏面住著一對年輕的澳洲夫婦。他們給若盈的房間非常簡陋，一席硬邦邦的木板床和一張薄薄的毯子，把若盈凍了兩個晚上，被凍壞的她還摸不著頭緒地納悶著：

「白天好像沒那麼冷？怎麼到了晚上會那麼冷？」

一直在台灣土生土長的她，習慣了台灣晚上頂多降兩到三度的天氣，根本就想不到雪梨早晚溫差可以差到十度左右，傻乎乎地還以為是自己生病了。

不過，兩天後若盈就被安排到另一家和藹可親的老夫婦家裡。老夫婦大概六十幾歲，男主人在自己的修車廠上班，女主人是退了休的小學老師。這是一棟在雪梨郊區別墅型的房子，離雪梨市中心大概是一小時的巴士車程，別墅的花園裏還有個挺大的游泳池。

他們Homestay的價錢稍微貴了點，不過女主人非常細心專業，知道若盈是從亞熱帶來的，所以為她準備了一間溫暖舒適的房間。若盈一走進房間，就像進了天堂一樣，一個面對花園的窗戶和靠窗的書桌、床對面是一台電視機、床邊夜燈桌上還有一台老式的收錄音機，地上鋪著暖和的地毯，還有一台小暖氣，床上鋪著的是厚厚的棉被。幾天來沒睡好的若盈倒頭就睡，這一睡就是兩天兩夜。

恢復精神的若盈，迫不及待地搭著巴士到了市中心到處逛逛。下了巴士站後，陽光普照的市區已經是人來人往車流穿梭不息。若盈小心翼翼地穿過馬路後，便在路旁駐足了一下，正看著地圖琢磨該去哪裡逛時，突然有一個40歲左右的西方男子，向若盈問道：「妳剛到雪梨嗎？」

若盈稍微打量了他一下，這男子白人臉孔、除了眼睛和鼻子露出來之外，他滿臉的落腮鬍、一頭捲曲厚重的棕色頭髮、穿著一件有點皺褶的黑色大衣、手裡還拿著一個麵包。她想，這男子肯定是注意到她手上拿著地圖，於是便有所防備地回答：

「是……」

男人兩顆小小圓圓的眼睛溜溜地看著若盈：

「我當妳的導遊，好嗎？」

若盈吃了一驚：

「難道澳洲人都是那麼友善的嗎？」

她剛開始是有點戒心，但後來想想光天化日之下，只要不隨他到偏僻的地方，應該是沒有問題的，又加上這個人看起來挺隨和的，她也就爽快地答應了。

那男人領著若盈往海德公園方向走去，因為若盈的英文不好，所以她能不說話就儘量不說話。

男人指著沿街的一家餐館說道：

「妳看，在那邊吃飯是免費的。」

若盈納悶地問：

「免費？為什麼？」

「因為這是專門給沒有家的人用的餐廳。」

若盈好奇地望著餐館裏的人，裏面有老年人，也有年輕力壯的中年人，每個人都笑嘻嘻地去領午餐吃。剛到雪梨的若盈，不明白那些年輕力壯的人為什麼不去工作賺錢？更不解的是他們怎麼一點都不引以為恥？

那男人一副無所謂的樣子繼續說著：

「我好幾年前從義大利移民過來，目前也沒有工作，不過政府會有補助生活費給失業的人，其實我根本就沒必要去工作，如果我去工作的話，薪水反而不如政府補助的高。」

若盈暗暗地思量：

「如果我是他，我會怎麼做呢？福利好的國家，也有避免不了的社會問題，這世界似乎沒有完美無缺的社會制度……」

而她這時也總算明白，這男人為何要自動當她的導遊，原來他是閒著沒事做，想找個人聊聊天罷了！只可惜他找錯了人，若盈的英文不夠好，感覺有些彆扭，於是她很快地便找了個藉口脫身。

不久若盈又在公車上認識了一位澳洲年輕男孩，她和他幾乎每天都搭同一台巴士到市區，只不過他都是在若盈上車的後一站上車，若盈下車的前一站下車。男孩留著一頭密密的類似草繩那樣的中長髮，看起來很像澳洲土著那樣，不過他有著白人的面孔，由於他風格特殊所以若盈特別留意了他一下，而在那台巴士上若盈是唯一的東方面孔，所以那澳洲男孩似乎也留意到了若盈。

有一天那男孩上巴士之後，便選擇坐在若盈旁邊，剛開始他沒說話，不過一會兒他就開始問若盈：

「從哪裡來？為什麼到雪梨來？」

若盈簡短地告訴他：

「從台灣來，來雪梨學英文……」

「要來多久呢？」男孩繼續問。

若盈回答：

「六個月！」

接著那男孩便沒有繼續再問下去，若盈也不知道要和他談什麼……他們沉默著坐到了市區後，他便禮貌的和若盈說再見下了車。

第二天，男孩上了車之後又選了若盈旁的位置坐下，聊了簡短的幾句後，又是一段路的沉默，然後禮貌地互道再見。

第三天、第四天……還是同樣的情節，就這樣他們在開往市區的巴士上，每天都聊這麼一點點，慢慢地彼此便自然而然地熟悉了起來。

若盈後來知道，那年輕男孩才18歲，爸爸是澳洲白人，母親是澳洲土著黑人，小小年紀已經是報社的編輯採訪，有一次他告訴若盈：

「妳知道嗎……前三個月我在雪梨北部的一個海邊租了間小木屋，每天什麼事都不做，只是衝浪……不過，現在錢花完了，所以我現在又要開始賺錢，等錢賺夠了再去衝浪……」

若盈很難想像一個人可以什麼都不做只是衝浪，在台灣自己總是被教導說一個人應該努力求學、努力工作賺錢，最好是能出人頭地什麼的。而這位年輕人，怎麼就是這種活法，但每次看到他神采奕奕的面容，若盈不由得開始想，是快樂重要呢？還是出人頭地重要？

一天晚上男孩主動邀請若盈到他的住處，男孩住的地方很特殊，一棟木式房子就築在池塘上，草棚搭的屋頂，圍繞房子四周的是木板陽台，在黑暗中若盈不知道池塘裡面有沒有魚或水草之類的。不過當她跟著男孩走進房子一看，溫柔幽黃的燈光下，空間是敞開的，裡面有一張床，每一個家具都是古董，還有各式各樣的木製的土著文物，整個房子瀰漫著濃濃自然原始的藝術氣息，在夜裡走進這房子更有著與世無爭的寧靜與祥和！若盈忍不住讚歎：

「好美好靜的房子呀！」

男孩喜悅的神情帶點自豪：

「是啊，我真的很享受自己一個人住在這邊！」

他指著隔壁的樓房：

「我父母親就住那棟樓房子！是我要求父母讓我一個人住這邊的……」

若盈覺得很不可思議，這男孩怎麼小小年紀就活得那麼有個性和品味，想想自己18歲時，除了日夜苦讀準備聯考外，哪裡知道自己真正想要的是什麼？在「望子成龍、望女成鳳」的父母期待下長大的她，突然覺得自己在那個年紀是不是錯過了什麼？

語言學校沒多久就開課了，課堂裏除了幾個從台灣來的學生之外，就剩下幾個捷克來的男學生。

若盈儘量不和台灣來的學生往來過密。之前，為她安排語言學校的人就警告過她，若真想到國外學英文，就不要和國外的台灣人成天混在一起說中文，很多遊學生最後沒學到英文就無功而返，浪費錢又浪費時間。所以，若盈決定結交從捷克來的朋友，這樣在課餘時間，就不得不說英文了。

彼得就是若盈的第一個捷克朋友，年紀比她小四歲，一頭金髮絲絲柔軟地斜躺在眉上方、藍色的眼睛流露出孩子般的稚氣、高挑健碩的體格散發著陽光男孩般的活力。

下完課若盈常和他一起到Darling Harbour閒逛，讚頌那雪梨歌劇院獨特的建築美。他們也會常常一起到海德公園，浪漫的彼得總會帶上一瓶紅酒，和若盈一起啜一小口的紅酒，懶洋洋地就躺在如茵的草坪上。

有一天他們相約一起到邦迪海灘去吸大麻，若盈覺得很好奇，她不太了解為什麼西方的年輕人或多或少都有吸大麻的經驗，不再受台灣道德束縛的她，覺得前所未有的自由，什麼都想試試看。

到了邦迪沙灘後，他們躲在一個比較隱秘的角落，偷偷地燃起大麻，不會抽煙的若盈剛開始還嗆了一兩口，不過之後她很快的便抓到要領如何將煙送到身體裏。抽完大麻之後，大麻便慢慢隨著若盈的血液流遍全身，沒多久她開始覺得精神百倍，跟著彼得搭巴士又回到了市區，之後他們把整個雪梨市區的大街小巷都走遍了也不覺得累。不過，若盈卻對任何事物都變得極度敏感，只是前一秒鐘的強烈感受，到了後一秒就變成像作了場夢一樣。尤其是當路人在看若盈時，若盈就會產生一種極度羞愧之感，恨不得當場挖個地洞把自己給藏起來，接下來的一秒又突然覺得那前一秒的極度羞愧感，只是一場夢……若盈的第一次大麻經驗，就在這種「極度真實」與「極度夢幻」中一秒一秒的更替反覆。

後來她才知道，抽大麻的感受應該是很愉悅的，她搞不懂自己的大麻經驗怎麼就那麼可怕，之後若盈再也不敢再碰大麻了。當然，彼得也決定不再和若盈一起抽大麻，因為若盈每隔一分鐘就會問他：

「我何時可以醒來？」

想全然享受大麻的彼得，根本就不想有人無時無刻提醒他，他還沒有醒……

一個下完課的午後，閒來無事的若盈和彼得走進了海德公園附近的一家咖啡廳，裏面剛好有一架舊鋼琴，經店主同意後，若盈隨手就彈了一曲老歌──庭院深深……沒想到店主和彼得竟好奇地問：

「這哪來的曲子？真美！」

若盈也好不驕傲地告訴他們：

「是台灣的」。

還特地把歌詞的意境告訴了他們，沒想到彼得竟聽得如癡如醉地說：

「妳以後一定要從事與美有關的工作！」

若盈以為他可能是在胡言亂語。沒想到兩年後，彼得到台灣看到若盈在科學園區的電腦公司上班時，竟然勸她改行：

「這工作不適合妳，妳的工作應該是與美有關的。」

這就是彼得，和啟斌不一樣，彼得愛好生活裏一切美好的東西。若盈心裏感嘆，和啟斌同文化同語言甚至在一起多年的親密關係，卻比不過她和彼得這幾個月來跨國界的心靈之交。

有一次，彼得邀請她到他住的地方，那是他和一對捷克情侶，還有一個雪梨大學生合租的公寓。那晚，她和大夥坐在餐桌上秉燭夜談，他們好奇地問：

「妳覺得中國會不會侵略台灣？」

若盈本來就不喜歡政治，但看見他們期待的神情，只好回答他們：

「其實，我不太喜歡台獨，從小學到高中，我們讀的本國歷史其實是中國歷史；本國地理其實也就是中國地理，甚至還說要拯救大陸同胞於水深火熱之中。可是，不久台獨突然說我們不是中國人了；但到了國外，其他國家又不承認台灣是一個國家，他們把台灣人放在中國的國籍裏，記得在大學時一個國際關係法的老師曾經說過，國家的定義是國際上承認台灣是個國家時，台灣才能算是一個國家。說實在的，到目前為止我還是不知道該認同自己是台灣人還是中國人？」

說到這裡，彼得突然緊張兮兮的說：

「不行！不行！妳不能認同自己是中國人，妳不瞭解共產主義的可怕，我們捷克才剛從共產主義的體制裏解脫出來。之前，我舅舅有一次在餐廳裏談了一下政治就被抓去關了起來。如果中國侵略你們，妳一定要設法逃出來，你可以到布拉格找我，我會帶妳看我們布拉格最美麗的地方。」

聽了彼得這一席話，若盈不由得心底感動。本以為自己與彼得不過是萍水相逢，課程結束了大家就各奔東西，沒想到彼得卻是一片真誠！

若盈與彼得之間，是一種很純粹的互相欣賞。彼得總誇獎若盈那一襲黑色的長髮，還有她那藝術家的氣質，讓他覺得她是來自一個遙遠神秘的東方國度。若盈覺得彼得有一種獨特的浪漫隨性，這是她在啟斌身上看不到的氣質。和彼得在一起時，她覺得自己心裏面好像住著一個剛剛甦醒過來的藝術家，她好奇地去體驗那自己一直都不知道的自己……

若盈後來介紹了一個台灣女孩給彼得，那台灣女孩比若盈年紀小，長得白皙清秀，瘦瘦高高的。她看到若盈和彼得交情不錯，就希望若盈能介紹他們認識。經過若盈的介紹之後，彼得也開始和這女孩約會看電影，但後來他面有難色地告訴若盈：

「我不知道要怎麼和她溝通，她是不是頭腦有一點……」

若盈一頭霧水，她和那女孩交談過，言行舉止都挺正常的：

「怎麼回事？」

彼得摸摸自己的頭解釋：

「我告訴她我剛剪了個髮型，她看了一下，完全一點反應也沒有，也不說好看或不好看……後來我們到電影院，我又問她喜歡看這個電影？還是那電影？她說『都好』……」

若盈於是幫彼得傳了話給女孩，女孩卻是一臉無辜的神情：

「我以為女孩子應該『含蓄』一點……」

若盈發現她自己其實到現在對「含蓄」這兩個字的概念還是滿模糊的，到底是「含蓄」還是「假裝」她常常也搞不太清楚？不過她還是丟了句話給女孩：

「彼得希望妳能表達自己的看法，不然他摸不著頭緒，不知妳在想什麼？」

不管若盈再怎麼努力湊合他們，他們最終還是不了了之。

課程結束離開雪梨時，彼得依依不捨的告訴若盈：

「我計畫到美國兩年，兩年後再到台灣拜訪妳，看看妳的國家。」

若盈沒有把他的話當真。只覺得他天真的像個大男孩又常抽大麻，偶爾神智不清說說傻話是很平常的。而且，若盈覺得將來會再見到彼得的機會太渺茫，很多東西在一念之間就改變了，就比如說她和啟斌多年的感情。

臨別之際的若盈強迫自己從浪漫的異國氛圍裏，走回到了未知的現實世界。

第四章　細水長流

第四章　細水長流

從澳洲遊學回來，若盈便進入了新竹科學園區的一家公司工作。回到台灣的她並沒有再去找過啟斌。

沒多久，她的一個女同事就向她提起了丹尼：

「我有一個朋友叫丹尼，他是美國人，在台灣工作10年，會說中文，之前一直在台北工作，剛和前任的台灣女友分手，搬到了新竹。我想，妳也是剛搬到新竹，又在國外和外國人相處過，應該可以和丹尼成為朋友。」

知道她與啟斌分手的哥哥告訴過若盈，她那種自由不羈的個性大概全台灣沒有幾個男人敢與她交往了，台灣男人要的都是賢妻良母型的女人。若盈並不清楚自己是怎麼樣的一個人，但在雪梨的時候，她發現自己喜歡上那種可以隨時墮落的自由，連大麻都試過了，所以她很清楚自己不是賢妻良母型的女人。她心裏想了想：「好吧，那就和外國男人交往看看吧！」

那天晚上若盈依約到了見面的地點，那地方就在新竹科學園區內，離丹尼的公司和若盈的公司都很近。若盈遠遠地就見到有人向她慢慢走來，不過她沒法確定那就是丹尼。走近後的那個人很大方的開口用中文自我介紹：

「我是丹尼，妳就是若盈嗎？」丹尼的聲音，低沉中帶點沙啞

若盈大方地點頭說：

「是的。」

他們在幽暗中互相握個手之後，丹尼便慢條斯理的領著若盈走出園區，到已訂好的一家四川餐館。他們並沒有機會好好端詳對方，不過在握手時若盈注意到丹尼的手指比一般男人還要修長，從他的背影看上

去，覺得他身高大概185公分左右，棕黃色微微波浪的短髮，穿著藍色的夾克和不太搭陪襯的西裝褲。

走進餐廳一看，丹尼早已邀請了一大桌的台灣酒肉朋友。

若盈後來才知道，丹尼很喜歡結交台灣男人，台灣男人也都很喜歡和丹尼做朋友，他們每隔幾天就要聚在一起喝酒、吃飯。而今天這些酒肉朋友其實是他請來的「擋箭牌」，丹尼的想法是這樣的，如果若盈不是他喜歡的類型，有一堆朋友在一起吃飯至少不會覺得太尷尬。

坐下來之後，若盈終於有機會好好端詳丹尼。

丹尼有著李奧納多的臉型（鐵達尼號的男主角）、筆直的鼻樑、一雙藍色的眼睛不大也不小、比一般外國男人稍微厚一點的嘴唇。

整個晚上，若盈感覺坐在她旁邊的丹尼，目光似乎一直沒有離開過自己，那些台灣酒肉朋友個個都瞇著眼睛、咧著嘴角，嬉皮笑臉鬧哄著：

「丹尼這次走運了……嘿！嘿！嘿！」

其實若盈從不覺得自己長得漂亮，甚至覺得自己很醜。遺傳了母親外型的她，有著比台灣女孩子都還要深的膚色。曾經在中學時，學校舉辦一場山地舞表演，每個女同學都必須把臉化妝成山地人的膚色和大眼睛。就在當時，一位女同學突然說：

「若盈不用化妝就很像山地人啦！」

接著，眾人大笑……

她就是在這樣的嘲笑聲中長大的。小時候有人叫她「黑美人」，長大後有人叫她「黑珍珠」，她不知道這是嘲諷還是讚美，不過在這樣一個「一白遮三醜」的社會裡裏，每每聽到「黑」這個字，若盈的心就像被刀狠狠地刮了道痕，日積月累那顆心已是千刀萬剮、傷痕累累。

然而丹尼後來卻告訴她，那晚他遠遠地就望見她穿著一件黑色短裙和皮外套、簡單的高跟鞋襯托出她性感健美的雙腿、肩膀上還披著柔柔的長髮、還有她那嬌小玲瓏的身段，無一都讓他對若盈感到著迷。進了餐廳後，又看到她那輪框分明的五官、甜美的笑容、小麥色的膚色和一雙大而有神的眼睛。他不經暗自竊喜，覺得自己真如他的酒肉朋友說的

「他走運了……」

接著若盈豪爽的和大家談笑風生，一下子便和丹尼的酒肉朋友們打成了一片，丹尼更是被她這種不拘小節的個性深深的吸引著。

在後來的幾天，丹尼每天都邀請若盈單獨出去吃飯，看電影。

一個月後的某一天，他們一起到了明德水庫的永春宮，廟前的平台上放眼望去是一片湖光山色，風景好不愜意。丹尼卻無心賞景，他兩手插在牛仔褲的褲袋裡，肩膀微微的縮著，神情有些緊張，深怕被拒絕似的向若盈表白：

「我很喜歡妳……我的意思是說，我想正式的和妳交往……我是說，像男女朋友那樣的交往……妳喜歡我嗎？」

若盈很訝異丹尼的拘謹和小心翼翼，她以為美國人都是很直接的，她想丹尼大概是住台灣太久，或許已經是入境隨俗了。

其實她也不知道自己是不是喜歡丹尼？她第一次看到丹尼時，並沒有什麼特別的感覺。只覺得他和那些酒肉朋友在一起時很豪爽、動不動就呵呵大笑，雖然是美國人但和豪邁型的台灣男人沒什麼兩樣；不過在另一方面他又對若盈非常小心呵護，這讓若盈蠻有安全感。在生活價值觀上，似乎也沒像與啟斌的距離那麼大，至少丹尼不會認為有一個美觀舒適的客廳就是浪費，也沒有所謂三代同堂的複雜關係。而他和她一樣喜好旅遊，只是若盈喜歡的是文化方面的體驗，而丹尼喜歡的只是純粹遊山玩水。除此之外，他是美國人，由於好萊塢電影對台灣的影響，若盈也不能免俗地對他懷著極大的好奇心。

她把對丹尼的這種感覺詮釋為「細水長流」，她告訴自己只要和他相處久了就應該會慢慢愛上他吧。所以當丹尼這樣問她時，她不想騙丹尼，不過她又不想拒絕他，於是便很技巧的回答：

「我都已經和你約會一個月了，你認為呢？」

丹尼把若盈這樣一個回答，詮釋為「喜歡他」的意思。

而若盈當時萬萬沒想到，自己所謂的「細水長流」，卻會因為水一開始就太過細小，撐不到「長流」就已乾枯滯固！

交往六個月後，丹尼把若盈帶進他的社交圈，那是一個喜愛跑步的團體。這裡有一半團員是從世界各地來臺工作的外國人，以美國人居多，再來就是英國人，少部分德國人、俄國人、澳洲人、紐西蘭人……另一半就是當地的台灣人。他們五六十人每週六、周日都會聚集起來一起到台北附近的山區跑步，跑完後他們會有自導自演的搞笑秀和飯局。

其中也有些台灣的單身女孩是為了要交外國男友才加入的。這裡有一種特有的文化，不是台灣的也不是任何一個西方國家的，這裡的外國人在台灣其實就像是脫韁的野馬般瘋狂，他們不受台灣也不受自己國家的道德束縛。而在這邊的台灣女孩，既然這裡是外國人的團體，她們也就「入團隨俗」，大部分都是豪邁瀟脫，不過從台灣道德的標準上來看，很容易就被誤解為輕率不檢點。

丹尼不太確定的告訴若盈：

「我考慮了很久才把妳帶進這個團體，怕妳會不喜歡，因為他們喝酒後行為的確有點瘋狂，男女關係也很複雜。不過，我在台灣十年，這個團體就像我的家，我真是喜歡和他們一起跑步，喝酒聊天。我把妳帶進來是因為，我和他們一起時，也希望有妳在我身邊。」

若盈見丹尼那麼誠懇，體諒地回答：

「沒關係的，跑步的感覺很健康，節目也很娛樂搞笑，我很喜歡！」

聽若盈這麼一說，丹尼總算是鬆了一口氣！

若盈的確很享受在山林曠野中跑步，更喜歡跑完步後的感覺。每次跑完步，風的吹拂似乎更加清涼，一瓶平凡無奇的礦泉水，也變得更加可口，彷彿在那一刻，生命只要一股清風和一瓶水就夠了。她真的愛上了這種單純的滿足和快樂。

她和丹尼交往了一年半左右，丹尼便向她求婚。

求婚時丹尼並沒有像好萊塢電影的男主角一樣，拿著一枚鑽戒，跪下來向若盈求婚。對若盈來說，這樣的情節看起來一點都不浪漫，反而很幼稚。她不相信，跪一下再加上一枚戒指就可以保證一生一世的愛。

若盈從小就是在父母的吵架聲中長大的，父母也是自由戀愛結婚的，但父親的外遇，讓她一直對婚姻留下了一抹陰影。不過哥哥最後還是將她說服了：

「啊喲，妹，拜託！別想什麼一生一世的愛，對男人別那麼苛求。難道，妳找不到一生一世的愛，就不結婚了嗎？妳難道不能把婚姻生活當作妳自己人生中不同的歷練！妳將會是人妻、人母……人生若不經歷這些怎能算是圓滿。」

若盈突然間發現自己也很矛盾，一方面不相信所謂的海誓山盟，另一方面又在尋尋覓覓所謂一生一世永恆不變的愛情，為了哥哥那所謂的「圓滿人生」，她懵懵懂懂地答應了丹尼的求婚。

接下來他們就開始籌備著訂婚。訂婚其實是若盈的父母要求的，為了下聘金這件事，丹尼確實為難了。

「美國的風俗是女方出錢。」他低沉的聲音中帶點抗議……

若盈為了不讓父母在親戚面前太丟臉，也只好儘量說服丹尼：

「我瞭解你的感受，我也不喜歡這種風俗，但你可不可以把這筆錢看作是花在你宴客還有買喜餅的錢？」

丹尼在台灣已十幾年了，明白他怎麼樣都不能完全免俗。他的外國朋友們但凡要娶台灣老婆的，都是同樣的遭遇。而若盈的父母並沒有要求很高的聘金，這錢真的只夠用在宴客和喜餅。

「好吧！」丹尼嘆了一口氣，勉為其難的答應了。

婚期定下之後，丹尼便帶著若盈回明尼蘇達州見他的家人，他們一走進明尼阿波利斯機場的接客大廳，就看見等候接機的弗蘭克，丹尼的大弟弟。弗蘭克比丹尼還高，看起來一副溫文儒雅，心思縝密的樣子，他和妻子住在明尼阿波利斯市。

從明尼阿波利斯到丹尼父母家，大概要三到四個小時的車程。沿路上弗蘭克開車，丹尼則坐在前座，為了讓一年未見的兄弟倆可以暢快地聊天，若盈坐在後座，靜靜地望著窗外流動的風景，不過弗蘭克卻不時地回頭問若盈：

「妳還好嗎？」

「好……」若盈回答。

沒多久弗蘭克又回頭，一臉關注的問：

「妳還好嗎？」

「哦？！好……」若盈被問得有點莫名其妙。

又沒多久弗蘭克再次轉過頭，仍然神情關注的樣子：

「妳還好嗎？……妳一直不說話……」

若盈這才明白，原來是自己的沉默讓弗蘭克誤解了，她連忙解釋：

「哦，我喜歡坐車看風景，不說話挺好！」

對弗蘭克來說，若盈不加入自己和丹尼的談話，讓他有一點不知所措，這和他所習慣的每個人都應該表達自己的社交習俗不太一樣。儘管如此，日後弗蘭克卻成了丹尼家庭成員中若盈比較談得來的一個，他們都喜歡彈吉他，只是弗蘭克擅長的是藍調，而若盈擅長的是古典和剛學的弗朗明哥吉他，在拜訪期間若盈也從弗蘭克那邊學了點藍調吉他。

丹尼的父母是退了休的藥劑師，住在湖邊一棟偌大的白色木屋，湖邊繫著一隻小型白色快艇。敞開相連的客廳和飯廳裏有兩扇大大的玻璃落地窗，從玻璃窗望出去是一片綠油油的草坪緩緩地滑入鏡子般的湖水裏，湛藍的天空偶爾落下幾隻浪跡天涯的雁鳥，在平靜的湖面上掀起絲絲漣漪，整片的落地窗看起來就像幅會動的風景畫！

若盈後來才知道，原來這樣大大小小的湖遍布了整個的明尼蘇達州。丹尼的父親約翰喜歡釣魚，他的車尾總是拖著一隻小木船，隨性地從這個湖釣到另一個湖。有一次若盈好奇的問約翰：

「你怎麼不在自己的湖上釣魚？」

約翰想了想：

「在其他湖上釣魚的感覺不一樣！」

若盈打破沙鍋問到底：

「怎樣不一樣？」

約翰呵呵大笑回答：

「我也不知道……」

他的笑聲和丹尼完全是一個樣！不僅如此，連丹尼夢想中的退休生活都和他父親現在的生活類似，他曾經這麼告訴若盈：

「等我退了休，我們把幾個美國小房子分租給別人，有需要時我就去這邊或那邊修修房子，沒事我就到湖上釣魚……」

丹尼還有個小弟叫湯姆，是個飛行員，在若盈拜訪期間，她跟著湯姆練習駕駛湖上的快艇，而丹尼則在快艇後面向若盈展示他的滑水技術。之後，湯姆又邀請了若盈和丹尼坐上他的小型飛機，一起體驗遨遊天際自在飛行的快感。

丹尼的母親艾美，是一個虔誠的天主教徒，每次吃飯前全家都要陪她一起禱告。她還特地邀請了牧師到家裡來為丹尼和若盈主持一個天主教的婚禮儀式，丹尼和若盈都不是天主教徒，所以，儀式不能在教堂舉行，因此他們的第一場婚禮就在丹尼父母家綠草如茵的湖岸邊舉行，而正式婚禮就在台灣，訂婚後的半年舉行。

丹尼的父母兄弟朋友都遠從美國來參加婚禮。

婚禮是在廟裏舉行，不過丹尼又找了個美國廣播電台ICRT裏的一個樂團和跑步團員們合夥準備了些不倫不類的搞笑秀。婚禮就這樣辦得中不中，西不西的，鬧騰了一整晚。喜宴中，約翰很禮貌地邀請若盈的母親跳舞，若盈的母親羞得不知怎麼辦才好，竟然跑去藏了起來，這件事也逗笑了親戚朋友們。

丹尼和若盈從認識到結婚幾乎所有活動都是和跑步團的一大堆朋友在一起。所以，連他們的蜜月也是和一大堆朋友們一起渡過的，更令人訝異的是，這還是若盈自己向丹尼提議的：

「多點人比較好玩！」

丹尼聽了呵呵大笑，非常自豪他的新婚妻子和他的個性一樣喜歡呼朋引伴！

不過，他們誰也沒注意到，若盈那顆不願和丹尼單獨去渡蜜月的心，其實已經在他們的婚姻裏埋下了一顆定時炸彈，而這顆定時炸彈只需要一點點的星火就會被引爆！

後來，丹尼在新竹創立了一個跑步團的分會，規模不大但不過他總算在新竹有了自己的社交圈。以前只有星期五和星期六的晚上會上台北和大夥見面，現在他們除了上台北那兩天外，每週兩個或三個晚上都會和新竹的朋友到市區的PUB喝酒聊天。剛開始若盈覺得挺好玩；不過……不知從何時開始，她慢慢養成在喧嘩嘈雜的PUB裏，把頭和雙手趴在酒桌上就能入眠的習慣。

一個星期六的晚上他們又如慣例開車上台北和大夥會面，這晚丹尼如往常一樣與他的朋友興致正高的喝酒聊天，若盈覺得無聊便先回到車內等他。坐進車子的她，不知為什麼覺得一顆心空蕩蕩的難受，於是隨手便打開了收音機。突然間收音機裏傳來一曲幽靜空靈喬治溫斯頓的鋼琴曲〈Thanksgiving〉，那旋律像水一樣緩緩地滲透到若盈乾枯已久的心湖內，迴旋了幾個漩渦後，又化作了一股淚泉湧出了若盈的雙眸；一時之間她也不知自己怎麼了，只知道她突然感受到前所未有的孤獨，在她的內心深處似乎有一個丹尼一直都進不去的地方。她曾經問過他：

「你有沒有對生命感到空虛過？當你的朋友們不在你身邊，只有你一個人獨處的時候，你有沒有快樂滿足過？」

那天丹尼正坐在科學園區內的活動中心和若盈一起吃午餐。邊吃邊看報的他抬起頭來，一頭霧水地看著若盈，不知她為何她突然問這樣的問題，一時之間也不知該如何回答她。不一會兒他突然間又好像找到了答案：

「當我一個人看著報紙時我覺得快樂滿足……」

若盈茫茫然地看著丹尼，也不知道這是不是就是自己要的答案。

日子行屍走肉般過著，若盈內心的空虛感越來越深，她越來越不喜歡和丹尼到PUB去，也不想和丹尼去參加朋友的舞會或飯局。她覺得自己做什麼都快樂不起來，她甚至懷疑自己是不是得了所謂的「憂鬱症」。丹尼的一位美國好友，在一次的聚會裏悄悄的走到若盈身邊低語：

「丹尼很擔憂地告訴我，妳不快樂……」

若盈有點愕然，她看了看這位好友：

「丹尼真的這樣告訴你？」

這位好友中肯地點了點頭！

若盈一時之間有點無語，嘴角微微牽動地向這位好友苦笑了一下！

這位好友也很識趣的走了開，留給了若盈一個獨自思量的空間。

她原本以為自己把不快樂藏得很深，沒想到還是被丹尼察覺到了……

第五章　烈火情緣

第五章　烈火情緣

一年一度的CeBIT電腦展就要在德國漢諾威舉行了，公司決定派產品專員若盈和兩位工程師到德國參展。這個消息給若盈帶來一種莫名的興奮。只是她萬萬沒想到這趟德國之行後，自己將引來一團熊熊烈火將那顆婚姻的定時炸彈引爆了開來，把她的婚姻和自己一起玉石俱焚……

對若盈來說，歐洲就是一個古老的國度，是一個很有文藝氣息的地方，她早對歐洲嚮往已久。經過十幾個小時左右的飛行轉機，他們一行人終於緩緩地在杜塞爾多夫機場的跑道上降落……走出機場後，就讓德國辦公室派來的年輕小工程師給接了去，之後他們便乘著小工程師的車到分公司。

途中若盈注意到他們正以車速是170公里的時速在行駛，她很訝異的問小工程師：

「不會被開罰單嗎，開那麼快？」

小工程師似乎被問得有點莫名其妙，不過還是禮貌微笑著說：

「這裏沒時速限制……」

若盈心中驚訝不已……

「原來還有不限時速的高速公路？！」

第二天一早，若盈一行人便在月台上等待開往漢諾威的ICE火車，沒多久火車就緩緩進站，他們走進了車內找到了德國分公司為他們訂好的包廂。坐在車裡的若盈好奇的望著窗外的景色，那是德國的二月天，灰濛濛的一片、雲層厚厚重重地壓在空中……不過對若盈來說，這樣一個天很美，就像是古典吉他曲《愛的羅曼史》，憂鬱中帶點詩意。

幾個小時後一行人終於抵達了漢諾威展覽會的車站……

若盈站在車門口，迫不及待地等待緩緩開啟的車門，她急速地跳下了火車，步伐如飛的奔向CeBIT現場，就像要去趕赴一場「生死之約」似的，連她同行的工程師也都遠遠的被她甩在身後……

Cebit現場單單展示大廳就有25個，每一個展示大廳大概是450平方公尺左右，所以若盈他們要找到自己公司的展示亭簡直就是大海撈針，尋尋覓覓了20分鐘後，一行人才終於走進了其中一個展示大廳。

由於離Cebit只剩2天的時間，大部分公司的展示亭也裝潢的差不多。公司越大展示亭就裝潢的越耀眼，有些看起來簡直就是專業的舞台秀場，閃爍著五光十色的鎂光燈。為了吸引更多的客戶，公司和公司之間的展示亭更是爭奇鬥艷、怪招奇出。

若盈他們好不容易才找到了德國分公司的展示亭，展示亭有兩層，第一層是產品展示區，第二層是會客區，整個展示亭不算太大，也不算太小。他們一行人走進了亭內才知道原來昨天那些不在辦公室的德國同事們，都已先到了會場來佈置展示亭了，他們很快地互相自我介紹了一下。

就在這時一位身材高挑帶著眼鏡的德國男同事也走了過來和若盈他們握手，原來他就是德國的高級工程師克勞斯。若盈在工作上和他通過電子郵件，不過他們彼此從未見過面。克勞斯大若盈3歲，有著一般西方男人高而挺的鼻樑，鏡片後是兩顆桀驁不馴的藍色雙眸，薄薄的嘴唇緊閉，看起來就是一副酷哥的樣子。

那天她一見到克勞斯，就不自覺地湧起一種強烈不安的異樣感，她不知道那是什麼。接下來她和他有一次正式的會議，在討論的過程中，她發覺克勞斯似乎一直不太敢看她，像在閃躲什麼似的？而她也發現自己對他那所謂的異樣感竟然是心在跳躍的感覺！若盈有點不知所措，她想這一定是幻覺。不過在這幾天的Cebit秀場，若盈似有似無地總在尋找克勞斯的身影，不管她再怎麼想盡辦法壓抑想看到克勞斯的衝動，那顆心就是安份不下來，而克勞斯也不知跑到哪裡去，時而出現時而不見。

她搞不清克勞斯為何會那麼吸引她？除了感覺他很酷之外，她對他根本就是一無所知。不過，對若盈來說這種心又活過來的感覺已經好久好久沒有過，她幾乎忘了那是什麼樣的一種感覺，直到她遇到了克勞斯的這一刻開始！

兩三天的功夫若盈就與德國這邊的同事們打成了一片，連某某人剛結婚若盈也都被告知了。當然，若盈也告訴他們自己已經結婚了。後來，她也從其他的同事中得知，克勞斯和其中一個德國女同事碧雅安卡早已訂過婚而且就快結婚了。碧雅安卡有著甜美的笑容、金黃色的秀髮，潔白的皮膚是個天使般動人的德國女人，若盈終於找到了理由讓自己死了這條心。

就在若盈他們要離開漢諾威的前一天晚上，德國辦公室的同事們主動作東邀請他們到意大利餐廳共進晚餐，那晚克勞斯也去了。晚餐時，她若無其事的和大夥聊天吃飯，不過只要克勞斯一加入他們的談話，若盈那條決定死去的心，就又會不聽使喚的甦醒過來。

無可奈何的她想：

「反正自己明天就要離去了，心動就讓它心動吧！」

雖覺得對不起丹尼，但若盈那晚還是悄悄地縱容自己！

她的德國之行就在這個美麗的晚餐落下序幕。在回台灣的飛機上她暗暗的思索著一個問題：

「精神上的出軌算不算是出軌呢？」

回到台灣辦公室後，同事們都好奇地問她：

「德國怎麼樣？」

若盈不假思索的說：

「好像我生命中的第二個家……」她不知道自己為何如此回答。

回到家的若盈，日子還是沒什麼改變，只是她的心情變了，她一直想著那遇見克勞斯時又活過來的感覺，為什麼在與丹尼的生活裏從來就沒有發生過？

那段日子，若盈的生活除了問號之外還是問號。

不過沒多久若盈就開始頻繁的收到克勞斯的電子郵件，剛開始她以為只是因為工作的關係，但後來克勞斯會在電話中告訴若盈，德國的大風雪如何把他的車都堵住了，差點沒法去上班這類的事；他還會傳自己喜歡的音樂給若盈，她不知道歌名，但翻成中文的意思大概是：

「你每天下班，帶著一顆疲憊的心，拖著沉重的步伐，走回自己的房間……你一個人，一杯酒，你的寂寞，沒有人可以觸碰，日子就這樣日復一日的重複著……」

當若盈聽到了這首歌時，她感動地流下了眼淚，她覺得克勞斯似乎是懂她的，所以每天都要聽這首歌聽個好幾遍，每次聽每次都掉淚，最後她也愛上這落淚的感覺，因為這樣的感動讓她覺得自己還活著。

台灣的六月是一個令人心浮氣躁的季節，烈日炎炎將人燒的渾渾度日。就在這個時候，若盈突然收到了克勞斯的消息，說他將拜訪台灣總公司，公司讓若盈安排克勞斯在台灣的全部行程，並負責安排招待他。

她一時不知如何是好，雖然心中覺得恐懼不安，但那半死不活的心，似乎也開始在期待什麼！

克勞斯終於走進了若盈的辦公室，他身穿一件貼身黑色的T恤，薄薄的衣服下展露出厚實寬廣的胸膛；下身是帥氣的牛仔褲緊緊地包裹著他那修長結實的雙腿，舉手投足之間散發出一種不能抗拒的性感。

若盈一見到克勞斯，那恐懼不安一溜煙的便不知逃竄到哪裡去，半死不活的心也再度地起死回生！這幾天成了若盈一生中最喜歡上班的時光，她覺得自己就像是活在花叢中的蝴蝶，無時無刻地都想翩翩起舞。

而克勞斯再見到若盈時也像好友重逢一般，言談之間也比在CeBIT時幽默風趣。每次在辦公室見到若盈時，總是帶著迷人的笑容和她招呼，若盈有次問他：

「你怎麼總是在笑？」

克勞斯調皮的眼神看著若盈，風趣的回答：

「我不笑難道要我哭嗎？」

於是他們兩個互望了一下，忍不住又笑了起來！
這幾天，連那原本單調乏味的辦公室竟也變得生意盎然！
克勞斯也常常會走到若盈的位置上藉工作之名和她聊天，有時還會不知不覺地和若盈打情罵俏了起來！坐在若盈旁邊的一位男同事好奇的問她：
「妳和克勞斯似乎很談得來喔！？」
若盈也毫不掩飾的回答：
「對呀，像老朋友一樣，我自己也覺得奇怪！」
快樂的時光總是彈指般的飛逝，轉眼間克勞斯的拜訪就要接近了尾聲，若盈實在無法想像沒有克勞斯的辦公室……而她要的其實只是能這樣每天看見他就可以了，並不曾有任何其他的痴心妄想！
不過就在克勞斯要離開台灣的前兩個晚上，他邀請若盈在外共進晚餐，說什麼要答謝她辛苦安排他在台灣的行程。
若盈稍微猶豫了一下，不過想想從頭到尾都只是自己對克勞斯的感覺，他從來都沒對她表示過什麼，或許這個邀請只不過是同事之間的情誼，他並沒有別的意思。如果只是因為自己的想入非非，就拒絕人家，那就太不近人情了。若盈給了自己這樣一個的理由後，很輕快地便答應了他。

翌日，若盈告訴丹尼：

「今晚，不用等我吃飯，要和德國來的同事一起吃晚餐。」不知怎麼地還是覺得心虛虛的。

丹尼回答：

「OK，我會在市區常去的那幾家PUB。妳若早點吃完飯，可以和妳的同事一起到PUB來找我們，若吃得太晚了就別來了，我搞不好已經回家了。」

這是若盈和丹尼慣有的相處模式，他們從來不會干涉彼此的自由，就算若盈不再和丹尼到Pub和朋友會面，丹尼若晚點回來，若盈也從來不會擔心他在外鬼混。在她的婚姻觀裏，如果夫妻之間到了彼此懷疑的地步，那就意味著夫妻關係已經到盡頭了。這幾年來，讓若盈覺得欣慰的就是他們之間對彼此的絕對信任。而如今，她卻一步一步地走向將這份信任摧毀之路。

這天晚上，克勞斯和若盈像平常一樣天南地北的什麼都聊。晚餐結束後，克勞斯和若盈就順路到旁邊的公園散散步，他們找了個綠樹掩映的地方坐了下來。公園裏靜悄悄的一個人都沒有，月亮高高地懸掛在夜空。就在這時，也不知道是月色太迷人還是酒後亂性，克勞斯突然語無倫次地向若盈酒後吐真言：

「在CeBIT的時候，見妳穿著性感的牛仔褲走了進來。我就在想，怎麼會是這麼一個妳，還是從台灣來的……那幾天我看見妳和同事在們有說有笑的，我都在想我該怎麼辦……但是，妳結婚了，我訂婚了……我還是差一點就要約妳單獨出來……」

若盈萬萬沒想到克勞斯在Cebit的感覺竟然和自己的一模一樣，她按耐住蠢蠢欲動的心，繼續聽著克勞斯的醉言醉語：

「那幾天，我盡量不留在公司的展示亭，我害怕見到妳，我總是跑到別的公司的展示亭，或者到其他地方到處逛逛，我一直在想辦法轉移注意力，盡量把想約妳出來的衝動強壓下去……」

此刻的若盈就像是正要爆發的火山一樣，滾滾的熔岩在胸口翻騰湧動著……

克勞斯看見若盈臉上閃著異樣的光彩，鼓足了勇氣又繼續說：

「那天你和我單獨開會，我其實都不太敢看妳，深怕自己會愛上妳……」

他深深地抽了一口氣又說：

「這幾個月來，我一直試著把妳從我的腦海裏抹去，如果妳不是妳那該多好……我就不用那麼掙扎……這次，我終於有機會來台灣，我想再見妳一次，我想確定自己的感覺是不是真的。」

若盈的心防再也阻擋不住克勞斯的熱情攻勢，她不顧一切地把自己的感情也表露給他知道。聽完之後他一股勁地把若盈攬在他懷裏，若盈就這麼真真切切地感覺到他的體溫，和他的心跳，她靦腆地呢喃：

「你的心跳好快呀……」

克勞斯摘下掛在臉上的眼鏡，熱情如火地看著若盈，慢慢地他將自己的唇移近若盈的雙唇，克勞斯的藍色雙眸就這麼在若盈眼裏化成了一片汪洋大海……他的舌尖輕輕地試探著若盈甜蜜濕潤的舌尖，漸漸地兩顆心便透過那綿綿的吻交融成一顆心……這是怎樣一個醉人的吻！若盈就像喝了一瓶永不醒來的烈酒，此時此刻，她只想讓自己完全被淹沒在克勞斯的藍色大海裏，再也不想游回岸邊了。

送克勞斯回旅社時，若盈才稍微清醒了一些，克勞斯問她要不要和他進去房間，她猶豫了一下，想著那可能已經回到家的丹尼。她壓抑自己想和克勞斯在一起的慾望，好不容易地拒絕說道：

「太晚了！」

克勞斯似乎顯得有些失望，不過還是很紳士的回答：

「好吧，那明天見！」

回到家時，丹尼也才剛回到家。

她儘量找藉口睡覺：

「今天有些累，我想上床睡覺了！」

丹尼的回答一如往常：

「哦……好」。

過一會若盈又突然想到了什麼：

「哦對了，明晚我要參加一位朋友的生日Party，我那位朋友住板橋，很久沒見她了……很可能會到清晨才回來，你不要等我，累了就先上床睡覺。」

「嗯，好。」丹尼帶著睡意的聲音回應著。

這是若盈第一次對丹尼說謊，她不敢相信自己竟可以說謊說得那麼自然！

夜越來越沉，假裝睡著的若盈聽著丹尼的呼吸聲，她知道他已熟睡了。

整個夜裏克勞斯那醉人的吻，還停留在她舌尖裏流連不去，克勞斯熱情如火的雙眸、強而有力的心跳、溫暖的體溫、身上的味道，都滿滿地在她所有的感官裏縈繞不去。這樣烈火般的情感對若盈來說還算是頭一遭，與啟斌的墜入情網只能用甜美來形容，和丹尼的就是自己所謂的「細水長流」，無所謂墜入情網……

她多希望和克勞斯在公園發生的一切只是場夢，又害怕一覺醒來發現這一切都只是夢……這時，她突然想起曾經有幾次外遇的父親，她不敢相信自己竟成了和父親一樣的人，這讓她覺得無比厭惡！

她還記得自己在上小學的時候，一位年輕女人突然跑進家裡叫媽媽把父親讓給她，因為父親愛的人是她。脾氣暴躁的媽媽忍無可忍竟和她打了起來，兩個女人在地上扭打成一團的情景，仍在若盈的記憶中歷歷在目；之後是在上國中的時候，她和母親躲在父親上班的公司外的一個角落，黑暗中她看到另一個女人跳上父親的摩托車後座，兩手緊緊地環抱著父親，那時若盈早就覺得父親在感情上是個十惡不赦的男人。如今自己卻成了自己眼中的十惡不赦，不過今夜此時，對克勞斯那難以抑制的熱情，就像澎湃洶湧般的巨浪，輕易地就將這十惡不赦給淹沒了！

這一晚，若盈有生以來第一次體會到了什麼叫「同床異夢」。

翌日，克勞斯通知公司，他想在旅館的房間裏完成一些軟體技術上的工作，所以今天不進辦公室了。他另外還發了個短訊告訴若盈，他會在旅館裡等她下班。收到這短訊後，若盈整天都心神不寧，在去與不去之間糾結徘徊。不知不覺天色就這麼暗了下來，她離開了辦公室。

走出辦公室後，若盈跳進了車內，機械動作般地開啟了引擎，又心不在焉地將車開到馬路上。內心交戰、舉棋不定的她，在回家的途中上好幾次都差點闖了紅燈；最後，她腦裏想的還是回家的路，不過不知為什麼……手裏的方向盤就是不聽使喚地把她帶到了克勞斯的旅館。

徘徊在房間外的若盈久久沒辦法按下門鈴，她知道只要自己一走進這個房間就走不出來了，但想再見到克勞斯的心又是那麼強烈，她覺得再不進去，那顆火熱的心就要把自己燒得遍體鱗傷。懷著既罪惡又興奮的心情，遲疑的食指終於按下了克勞斯的門鈴。

克勞斯微笑著把門打開：

「歡迎光臨！」

若盈一走進他的房間，便看見地板上擺著已快打包好的行李。

他看著若盈，指著那半邊空下來的行李：

「妳知道為什麼我要空下這個小空間嗎？」

還在消化剛剛複雜情緒的若盈，茫茫然地搖搖頭，

他繼續解釋：

「中國有很多盜版的DVD，品質還不錯，我每次去那邊，都會買些回來。」

若盈轉換了個情緒後，靜默了一下……

很快地，她靈動的雙眼瞟了一下克勞斯，挑釁似的：

「原來，德國人也會買盜版的東西！」

克勞斯先是愣了一下，然後斜著嘴角，使壞的邊微笑邊說：

「品質好，又便宜，誰會不買！」

其實若盈根本就沒有心情和他打情罵俏，她的心還是一直放在克勞斯的行李上，她覺得自己滿懷的熱情還未傾瀉出來，就已經被一股濃濃的離愁給罩住了，她突然神色黯然的問道：

「所以，接下來你是要去中國？」

「對，然後回法蘭克福！」克勞斯的語氣夾雜嘆息聲！

不一會，他便把行李打包好並將它推到一旁。

若盈還是盯著那行李不說一句話……

她和他就這樣不言不語在房間裏站了一會。

接著克勞斯慢慢地走到了桌子旁邊，拉開抽屜拿出了一包不知是什麼的東西？：

「我想抽煙……」打開那包的東西後他隨手便捲了支菸

若盈這才明白那是什麼，她忍不住淘氣地說：

「不會是大麻吧！」

克勞斯噗哧一聲又笑了出來「大麻！？在德國是違法的……」

接著他慢慢地將捲菸送入了自己的嘴裡，吸了一口後又將煙徐徐地吐在空中，透過煙霧，他凝望著若盈……

若盈其實最討厭煙味，丹尼的煙癮就是因為若盈排斥煙味才戒掉的。但現在抽煙的人是克勞斯，她似乎覺得那煙味不再那麼難聞，反而為此刻增添了一種迷情的氛圍，她注視著煙霧緩緩繚繞升空，卻突然覺得自己的靈魂正在緩緩墜落……

就在此時她察覺到，現在出去其實還來得及，於是便向克勞斯提議：「我們是不是該出去吃飯了？」她的聲音是那麼言不由衷！

她希望克勞斯說：「好」，卻又不希望他真的會說：「好」……

克勞斯手裡叼著煙，悠閒地翹起二郎腿坐在椅子上，不溫不熱的回答：

「我不餓，妳呢？」

若盈本想讓克勞斯幫她決定的，而他又把決定權丟還了給她。矛盾掙扎的若盈最後還是艱難的吐出了幾個字：

「我……也……不餓……」

話才剛說出口，若盈就聽到了自己的另一個聲音：

「笨蛋，現在不走妳就徹底完了……」

就在她猶豫該不該把剛才那句話收回時，克勞斯卻突然轉了個話題：

「德國有很多的森林，我爸媽就住在森林附近，冬天時我一個人特別喜歡到那裡賞雪，那裡空無一人，很安靜很寧靜，整個世界只有白色的一片……」。他的雙眼凝視着白色的煙霧，遐想了一下：

「我想妳一定會喜歡那裡，我媽媽也會很喜歡妳。」他的聲音突然變得很輕柔

若盈聽了覺得很窩心，因為克勞斯已經想到要帶她回家見他的父母，這股甜蜜勁還未過，很快地另一個問題又闖進她的思緒：

「那你的未婚妻怎麼辦？我的丈夫怎麼辦？」

不過話到嘴邊，就覺得沒必要掃今晚的興，以後的事以後再想。

她開始浪漫地幻想著她和克勞斯在森林裏依偎賞雪的情景……不過突然間她又感傷了起來，原本該是場多麼美麗動人的相遇，卻因雙方的的婚姻而變成了一種罪不可赦的外遇，若盈的情緒突然由甜蜜轉為無奈……

克勞斯似乎注意到了她雙眸內流轉的情緒，他摘下眼鏡，站了起來慢慢地走近若盈，近到彼此都能感受到對方的心跳，緩緩地他低下了頭把若盈的臉頰輕輕捧起，他的吻就像雨點般飄落在若盈的額頭上、臉頰上、粉頸上……若盈再度地被軟化，她完完全全的讓自己醉倒在克勞斯的柔情蜜意裏……當克勞斯的吻落到了她的唇上時，她也踮起了腳尖，雙手環繞在克勞斯的頸子上，她等候已久的舌也主動地迎接他那帶有煙味男人味的舌，綿綿密密地兩舌就這麼交纏了在一起……漸漸地……他們的吻由溫柔轉為狂野，那麼狂野就像是要把彼此吞沒了般……兩個磁鐵般緊緊相吸的身軀一起倒在了床上，按耐了幾個月的熊熊烈火，終於在這個夏日炎炎的夜裏，偷偷地……一發不可收拾地……繾倦燃燒了整個夜晚，而若盈整個的身、心、靈也不可自拔地墜落！墜落！墜落！

第六章　白雲之道

第六章　白雲之道

若盈回到家時已經是清晨4點了，丹尼還在熟睡當中。

她身心疲憊地走到了浴室，打開水龍頭，任水嘩啦嘩啦地灑落在自己身上……好像這樣就可以將自己的罪惡感洗滌乾淨……無法再思考的她沖完澡之後，便在自己家中的客房裏體力不支的睡著了。

克勞斯回到德國之後，每天都會給若盈寫一封熱情澎湃的情書。她一方面覺得對不起丹尼，一方面又不能停止自己對克勞斯的思念。他的情書對若盈來說已經成了空氣，她若一天接不到他的電子郵件，就覺得一整天都在缺氧，活不下去的感覺。

八月，德國的暑假早已開始，若盈突然收到了克勞斯的一封短短的電子郵件。

「抉擇的時侯到了，我將到地中海的一個小島渡假三個星期，我需要一個安靜的地方，一個人把事情從頭到尾好好想一遍。在這段時間，我不會與外界有任何聯繫，也就是說沒有電話、電子郵件。請等我三個星期……」

若盈並不瞭解德國公司的文化，職員竟然可以連續三個星期都在渡假，沒有外人可以聯絡到他們，就算是公司的天都塌下來了，也不關他們的事。對她來說這種文化已是不可思議，而克勞斯隱世三星期的決定對她來說更是晴天霹靂，她在心中吶喊：

「三個星期沒有他的電子郵件，這不是要我缺氧三個星期嗎！」。

若盈無論如何都不相信克勞斯會這麼忍心完全不和她聯絡，每天仍然要檢查電子信箱好幾回。一天、兩天……一個星期，真的再也沒有克勞斯的電子郵件。她整個人徹徹底底的跌入了谷底深淵，覺得自己好像是個等待判刑的囚犯一樣。她不知道自己該如何熬過這三個星期，更不知道三個星期之後她會被判死刑或無罪釋放。

無心工作的若盈，辭掉了自己的工作。每天趁丹尼去上班時，便偷偷的在家裡喝丹尼的威士忌，打算把自己徹底灌醉。不過就算她喝得肝腸寸斷，還是沒辦法解除內心的痛苦，這三個星期她便在這種「借酒消愁愁更愁！」的煎熬中一天一天的渡過！

一天下午若盈像游魂似地在市區裏漫無目的的開著車，她不想回家面對丹尼，也不知要去哪裡？她多希望自己開的不是車而是馬，這樣她就可以讓馬隨意的在路上行走，馬去那裡她就去哪裡……

不過，正當若盈徬徨在十字路口的紅綠燈時，她看到了前方有一家書局，心血來潮地她琢磨著：

「不妨到書店去看看，或許可以找到什麼為我指點迷津的書。」

她佇立在偌大的書城內，不知該從哪本書看起，隨手選了幾本人生哲學的書，讀不到一分鐘，又一本本丟回了書架裏。她隨手又選了幾本宗教的書，讀不到一分鐘，一本本地又被丟回了書架裏。就在若盈要放棄離開時，看到了一本書名叫《白雲之道》是奧修的書，她喜歡這書名，就順手拿下這本書隨意翻開一頁，幾行字便映入了眼簾：

「整個存在就好像一朵白雲沒有任何根，沒有任何因果關係，沒有任何最終的原因，它只是存在，它以一個奧秘存在……」

「白雲真的沒有它自己的道路，它只是飄泊，它沒有想要到達任何地方，沒有目的地，沒有命運要履行，沒有終點……」

不知為什麼若盈的眼眶裏竟不知不覺的盈滿了淚水，她事實上不完全瞭解這裡所要表達的，但冥冥中直覺那可以給自己指引的答案就在這字裏行間，一種莫名的感動滲透到連她自己都碰觸不到的生命最深處。

「人類生活的悲哀之一——即使在愛當中，我們也創造出關係，然後愛就錯失了。愛不應該是一個關係……你應該變成對方，而讓對方變成你，應該有一個融合，唯有如此，衝突才會停止……」

不能停止咀嚼這本書的她，並未意識到「此時此刻」對她的人生意味著什麼。多年以後，她才看清「此時此刻」其實意味著一個人生的轉捩點——一個死亡和一個重生！

她買了好幾本奧修的書，回家後便著魔似的一本接著一本的讀。她讀越多就對此刻的自己、對生命越加迷惘。儘管如此，那些書帶給她的震撼實在太大，那些密密麻麻的字好似編織著了一張無形的網，超越時間、空間將她層層的網住。

漫長的三個星期終於結束了，若盈又期待又怕受傷害地等待著克勞斯的抉擇。不過一天天都過去了，她仍然沒有克勞斯的消息，終於她忍不住撥了克勞斯的手機

電話那端傳來剛被吵醒克勞斯沙啞的聲音，他一聽到是若盈，立即低聲赤罵：

「妳瘋了！那麼早打來……」

是克勞斯緊張刻意壓低的聲音，下意識地她看見一幅碧雅安卡和克勞斯同在一張床上的影像，無法承受的她，咔嚓的一聲掛斷了電話！

才掛完電話，所有的愛恨情仇，嫉妒、思念、悲傷、憤怒、受傷、屈辱、突然像決了提的壩水，翻江倒海湧來……她的心在泣血，她想把電話給摔了，她想嘶聲吶喊，她想殺了克勞斯，她想……飛到德國……

然而儘管內心再怎麼愛恨交加，面對完全不知情的丹尼，她也只能把淚水硬是往肚裏吞，強顏歡笑的一天渡過一天。她沒想到，心又活過來後原來是要承受那麼多的打擊折磨。

又過了些時日，克勞斯還是連通電話也沒回，她整顆心完完全全跌入了萬丈無底深淵。然而不管克勞斯如何對她，她知道自己再也無法和丹尼在一起了，她甚至無法再和丹尼有任何身體上的親密接觸，連個吻若盈都會產生排斥感。而丹尼似乎也隱隱約約感覺到了什麼，一天在開車回家的路上他突然對若盈提起：

「跑步團裏的好友們，孩子一個接著一個生，我想我們也該要有個孩子了，妳覺得呢？」

若盈囁囁嚅嚅，細聲回答：

「嗯……」

夫妻之間正常的話題，卻成了若盈心中刺耳的警報聲！

一個星期日的清晨，他們沒有上台北，天氣如常、空氣如常。百般思量、萬般爭扎後的若盈坐在一個隨時可以奪門而出的，靠門的角落，她鼓足了勇氣告訴丹尼：

「我們離婚吧！」聲音是堅定中夾雜著怯弱。

「什麼？！」丹尼瞪大了眼睛，驚恐地看著她，以為自己聽錯了！他知道若盈並不快樂，但他萬萬沒想到她會想離婚。

坐在矮凳子上的若盈，兩手交叉環抱著自己的胳臂，身體微微前傾，雙臂倚在雙腿上，本來就已經很嬌小的她此時蜷縮的更像個孩子，她抬起頭，兩眼無奈地望著丹尼，戰戰兢兢地重複道：

「我們離婚吧！我沒有辦法再繼續愛你……」

丹尼頓時眼前天崩地裂、晴天霹靂……他怔了怔，一時之間不知要說什麼，接著他火冒三丈的脫口衝出：

「不行！我既已決定結婚，就絕不離婚……」聲調中充滿著大男人的霸氣和抗拒！

若盈還是坐在那張短腳的凳子上，無言以對的低著頭。她兩手還是交叉環抱著自己的胳臂，身體微微前傾，雙臂倚在雙腿上，連看丹尼的勇氣都沒有，在眼角餘光中她瞥見他來回不安地在屋裏踱步，她決定不告訴他有關克勞斯的一切，因為如果離婚是最終的結局，讓丹尼知道只會對他造成雙重傷害。

他們之間就這樣沉默著，屋內只剩下丹尼在地板上來回踱步的聲音……若盈整個身子還是蜷縮在矮凳子上，聽著自己時而快時而慢的心跳聲。不知不覺空氣已凝結成厚厚重重的氣壓……不知過了多久，若盈一動也不動的繼續聽著丹尼來回踱步的聲音和自己不規律的心跳聲……不知又過了多久，時間和空間似乎也停滯不前，她覺得自己就快要窒息了……終於，丹尼喃喃自語：

「墜入情網後再墜出情網，這種經驗我有過！」

若盈無法相信，丹尼那麼快就冷靜了下來，找到了一個自己說服自己的說法。

儘管如此，丹尼還是希望若盈能再慎重考慮。離婚的事提出後，若盈以為丹尼會對自己很冷淡，然而丹尼不但沒有冷落她，反而越發地溫柔體貼，連一句責備的話都沒有，這是她怎麼都意想不到的。他甚至還提出：

「妳如果執意要離婚，也沒關係。離婚後，妳可以試試看不要離開，我們還是住一起，或許妳對我的愛就會回來了。其實，我本來就認為婚姻就是愛情的墳墓。當初，和妳結婚只是我以為這是妳想要的。」

相處了這麼多年，若盈是第一次瞭解丹尼對婚姻的看法。不過，她心裏知道她的感情是回不來了，又或者說是從來就沒有過。

即使已經向丹尼說明了一切，若盈最怕的還是父母的那邊壓力，因為離婚對她的父母來說，就是「大逆不道」，讓家人「蒙羞」的意思。她知道，如果她選擇了離婚就等於是選擇了離開台灣。所以，她給自己兩條路。第一，在國外找個工作，第二到印度靜心中心。當然，還有第三個可能性，就是與克勞斯在一起，然而，對於這個可能性她再也不敢抱任何希望了。

第七章　布拉格的秋天

第七章　布拉格的秋天

給了自己兩個方向的若盈，開始著手進行在國外找工作這件事。

有位關係不錯的同事，前幾年被外派到阿姆斯特丹，若盈打電話給他，問他辦公室需不需要加人，他告訴若盈他們的確有想過要應徵新人，如果她有機會到阿姆斯特丹可以找他談看看。

若盈決定到阿姆斯特丹去碰碰運氣，順便到布拉格去拜訪兩年不見的彼得。在與丹尼結婚前，彼得如約地到台灣拜訪過若盈，那之後，她就很少與他聯絡。

丹尼正好也要到澳洲出差十天，所以若盈和丹尼就這樣一起離開台灣，相約十天後一起在桃園機場會合回家。丹尼希望若盈到那時候能真正理清自己，並給他最終的回答。
在離開的飛機場上，若盈那顆早該死的心，還是寫了最後一封電子郵件給克勞斯。
「我將會到阿姆斯特丹，你若還願意和我再見面，就到阿姆斯特丹來見我……」
若盈計劃的行程是先在阿姆斯特丹轉機到捷克布拉格與彼得會面，再由布拉格坐火車到布達佩斯，然後再飛到阿姆斯特丹和她的朋友碰面。
走出布拉格的機場時，彼得面帶微笑，遠遠地正向若盈走來！兩年不見的彼得似乎變了，少了那份稚氣卻多了份成熟男人的魅力！
相擁問候後，彼得端詳了若盈一下，張開了雙手讚嘆地說：
「看看妳！還是那一襲烏黑的長髮⋯真美！」
不等她回話，他又繼續說：
「有件事我想先告訴妳，這個週末我們必須先去郊區拜訪我的父母，我舅舅剛去世，我母親正傷心著。妳的拜訪正好讓她不至於一直沉湎於悲傷的情緒裏，她非常好奇地想看看妳……」

若盈楞了一下，點著頭說：

「你是主我是客，在布拉格的這幾天，就全由你安排了。」

她停頓了一下，突然想到什麼又繼續說：

「我可能要離婚了……」

彼得開著車的手突然打滑了一下，滿臉訝異的轉頭看了看若盈：

「什麼，妳結婚了！」

她很驚訝彼得竟然不知道自己已經結婚了

「我以為上次你來台灣時，就已經告訴你了。」

彼得似乎沒有印象若盈何時告訴他這件事，不過他似乎也刻意迴避談論這件事，而且現在爭執這一切也沒什麼意義，所以很快地就轉了話題。

車轉進了一條大馬路，彼得告訴她：

「這區是布拉格最醜的地方，我不喜歡這裏，但我目前只能住這裡，我才剛找到新工作，還沒有錢租好一點的地段。」

若盈不知道他們是在布拉格的哪一區，不過她看了看車窗外方塊形的水泥樓房林立，覺得有點像台灣淩亂的樓房，的確是不怎麼漂亮。不久，他們便下車走進一棟樓房，接著又進入了很小、很舊、還有拉式鐵門的歐洲老電梯。到了頂樓後他們走進一個玄關，玄關內有三個門，左邊的門進去是彼得的臥房，右邊門進去便是浴室廁所，彼得打開中間的一個門後，他們走進了一個和廚房相連的客廳，客廳裏已經鋪好了一張小床。彼得指著那張小床：

「妳可以睡在這，棉被床單都是才剛洗乾淨的。這兩天我還要工作，妳可以自己搭地鐵到市區內看看，白天我會盡量抽空來陪妳，我們或許可以約在市區見面。」

這一兩天，若盈拿著地鐵圖到布拉格市區去閒逛，布拉格到處都是古城、古堡、古教堂。當然，她最喜歡的還是查理士大橋，橋上有好多的雕像，就像一個露天雕像博物館。不過，一向對歷史一竅不通的她，根本記不住歷史時間數字和相對應的人事物。她喜歡這座橋，是因為那雕像的藝術之美，尤其是橋上擠滿了好多的街頭畫家和藝術家，更為這座橋增添了一種自由浪漫的氣息。

若盈不禁讚歎著：

「這樣一個浪漫的國度，難怪培育出像彼得那樣唯美浪漫的性格！」她那兩天都在那兒閒逛到了中午時分，然後和彼得約在市中心的餐館吃午餐。

到了布拉格的第三天是週末，彼得便按原計畫帶著若盈回家看父母。他的父母住在離布拉格外一個小時車程的郊區。

車到達了彼得家時，他的父母親還在外面，沒有人在家。彼得就帶著若盈到他家附近去逛古堡。當時已經是十月底，正是落葉紛飛的秋天，放眼望去大地已被金黃的落葉覆蓋著。和彼得漫步在森林裏，若盈突然覺得心情舒暢，兩個月以來的陰霾總算露出了點陽光。

森林裏有許多大大小小被遺棄的古城堡，彼得每到一個城堡就會自豪地向若盈解釋城堡背後的血與淚。對彼得來說，只要想像自己正站在幾百年前古人站立的同一個城堡上，就會令他感動不已。若盈對捷克歷史雖一竅不通，不過此刻滿山滿林是那麼浪漫，秋天的陽光又那麼和煦地灑在彼得金黃色頭髮上，若盈望著他那神采飛揚、熱情豪邁的神情，忍不住心湖蕩漾了一下！這一蕩漾把若盈給嚇了一跳，只不過是一小圈圈的漣漪，對她來說卻是個驚濤駭浪。她不敢相信，她又心動了！一連串的問句驟然盤踞心頭：

「我瘋了嗎？」

「我是誰？我是怎樣一個人？」

「這是水性楊花嗎？」

「我到底要的是什麼？」

「原來克勞斯不是唯一可以讓我心動的男人？」

熱血奔騰的彼得並沒有留意到若盈內心的驚濤駭浪，他倏地抓了若盈的手又奔向另一個城堡……整個午後若盈就這麼被彼得拉著手，從一個城堡奔到另一個城堡，一個故事接著另一個故事！

回到彼得父母家時已經是晚餐時分。走進屋內，客廳和餐廳是敞開的，廚房內已經傳來了陣陣的肉香，餐廳內放著一個長方形木製餐桌，而桌上的幽黃微弱的燭光正漸漸點燃這一屋子的溫馨。

彼得的父親在酒廠裏工作，聽若盈要來，還特地從酒廠裏帶回了幾瓶啤酒。若盈聽他們說捷克的啤酒是最有名氣的，她根本不懂啤酒，不過為了讓彼得的父親可以自豪一番，她也豪爽地和他乾了幾杯啤酒，並教他台灣的「乾杯」習俗，這讓他忍不住開懷大笑了起來！而彼得這時也欣慰地看到母親的臉上又恢復了笑容……

在燭光的照映下，若盈忘情地看著彼得，他的臉上堆著滿滿的笑意，藍色的雙眸裏閃耀著無限的溫情和喜悅，而就在她與彼得四目相交的霎那，一種不用言語的心靈相通，在若盈水性楊花的心湖中不僅僅是蕩出了漣漪，而且還擦出了火花！

晚餐後，彼得帶若盈去參加一位朋友的生日宴會，他們跳舞跳了一個晚上。回家時，若盈突然想抽大麻，她好想完全忘掉這個「水性楊花」的自己、忘掉所有的一切一切。當她提出這個建議的時候，把彼得都嚇了一跳，因為他還記得若盈在雪梨時，總是嘮叨他不應該用這種方式得到快樂。儘管如此，他還是應了若盈的要求，很快地從他朋友那邊要了點大麻後，便和若盈躲在房間裏偷偷地抽，他與致沖沖的還把自己小時候的相簿拿出來給若盈看，連日來都在以淚洗臉的她，在這次抽大麻時卻與彼得看著他小時候的相片，瘋瘋癲癲地笑了一個晚上。

隔天告別彼得的父母之後，他們又回到了布拉格。彼得邀請了另一個朋友和他們一起夜遊查理士橋。在夜的籠罩下，橋上一座座的雕像顯得更加靈動；橋下伏爾塔瓦河倒映著燈影，水光迷離蕩漾，歌德式塔樓在橋端聳立……若盈覺得這座白天藝人遊客湧動的橋，好像在夜裏幻化成一條時光隧道，把他們都帶回到中古世紀的布拉格；而夜遊的他們也好像化作了中古世紀不眠的遊魂，悠悠蕩蕩地從這個酒吧到另一個酒吧……

已經微醺的他們排成了一字型，沿街踱步著，突然，彼得和他的朋友停了下來，把一個貼在牆壁上的公司招牌給拆了下來，然後帶到查理士橋中間，把它投進了伏爾塔瓦河裏，聽見噗通一聲後，彼得興奮地告訴若盈：

「這是上一家把我革職的公司……」

若盈聽後忍不住笑了出來，彼得和他的朋友也跟著解氣地大笑了起來，寂靜的布拉格夜裏就這樣迴盪著遊魂們的笑聲，直到黎明……

彼得後來又邀請若盈到布拉格國家劇院看歌劇阿依達。歌劇院裏裝潢得無比富麗堂皇，就像歐洲古代的皇宮一樣，還有那水晶藝術燈高高的懸掛在大廳，到處都是金碧輝煌。

阿依達是彼得最喜歡的歌劇，他特地買了個包廂的位置，只可惜若盈這幾天勞累奔波又加上時差，只要是靜態的活動她就昏沉沉地想睡覺……到底演的是什麼若盈也忘記了。

看完歌劇之後，她與彼得回到了布拉格的客廳，今晚是若盈在布拉格的最後一晚，客廳內輕盈曼妙的旋律縈繞……他們一起坐在沙發上，彼得眼裏滿滿的溫柔與感激之情：

「謝謝妳的拜訪！自從上班以來，辦公室的競爭壓力好大，幾乎把我壓得喘不過氣來，妳的拜訪喚醒了我自己和自己曾經擁有過的快樂！」

面對彼得這樣的一片赤誠，若盈臉上微笑著，心中卻自嘲著：

「彼得被喚醒的是那個快樂的自己，而自己被喚醒的卻是那水性楊花的自己……」

自從與水性楊花的自己會面那一刻起，她就一直想笑，笑裏藏著她說不出的悲哀與滑稽，連續幾天的癲笑嘲笑，若盈把自己想遊戲人生的心情都笑出來了，把她對克勞斯濃濃的、瘋狂般的痴迷也笑成了雲淡風輕的過往雲煙，把自己與丹尼的婚姻也笑成了一場遊戲一場夢……

翌日早晨，彼得送若盈到火車站時，她再也笑不出來了，茫茫然的她就像當日陰霾的天空……火車終於不請自來地進了站，臨別之際，彼得殷切的叮嚀若盈：

「到了布達佩斯別忘了看場歌劇……」

若盈默默點頭後踏進了車內，找到了自己的位置坐了下來，彼得仍然站在車外遲遲不肯離去，被離愁深深籠罩的她凝視著窗外的彼得，他們中間雖只隔了層薄薄的玻璃，但對若盈來說卻已經是個遙不可及的咫尺天涯。

火車漸漸離站，彼得正向她揮著手，一步一步地跟隨著火車走到了月台最盡頭；車內的她望著彼得額頭上微微飄動的金髮，他的身影就這麼越來越小的消失在地平線那端。無情的火車繼續開往遠離布拉格的方向，若盈覺得自己此時就像個吉普賽，孤單地流浪在自己的生命旅程，連下一站會是什麼自己都不知道。

她在布達佩斯停留了兩個晚上，自己買了票看完一場歌劇後就飛回到阿姆斯特丹，她一走進阿姆斯特丹就愛上了這個城市，這是個非常浪漫又充滿活力的城市，許多世界各地外來的移民，更為這城市添加了多樣的異國色彩。從市中心的火車站開始，遊客可以買一日遊的車票，搭電車到市區的各個景點，若盈特地選了幾個景點，不過她大部分的時間都是在梵谷的博物館遛達。她覺得若能在這樣一個城市裏生活工作，一定會視野遼闊、心胸開朗。只是若盈的朋友並沒有為她帶來好消息，據說，因為歐洲生意不好做，銷售並不理想，台灣總公司才剛刪減了歐洲分公司的增員預算。

若盈十日的歐洲遊便在這個美麗的城市劃下了終點，而克勞斯不但沒有到阿姆施特丹來和若盈見面，也沒寫給她任何的隻字片語……

回到台灣的桃園機場，若盈看到丹尼正在遠處等她：

「他受苦了！我真的就要離開他了嗎？」對丹尼的一股憐憫和不捨之情油然而生，但就在這一刻，另一個念頭又急速闖進腦海：

「我真的要這麼與他相處到老嗎？」

此時此刻，她心裏明白自己對丹尼的不捨，根本只是一種習慣上的依賴，又或許是一種對自己所熟悉世界的依賴，因為離開了丹尼，她要面對的是一個完全陌生的世界，想到這裡，若盈心中根本就沒底。儘管如此，她還是決定離婚。

到地方戶政事務所之前，他們一起坐在客廳的沙發上，沙發還是若盈媽媽前兩年買給他們的結婚禮物。丹尼握著若盈的手，滿臉真誠的安慰她：

「我覺得妳心中有一隻小鳥，一直想飛出去。與其讓妳是個不快樂的我的妻，我情願妳是個快樂的單身女郎……玩累了妳回來，我會在這邊等妳！不過我希望妳回來時是一隻長大的鷹，一個知道自己要什麼的鷹！」

若盈撲簌簌的淚水，終於忍不住地滑落下來，她沒想到該受到安慰的丹尼卻反過來安慰她，而這樣一席富有詩意的話語竟會從丹尼口中說出，她覺得自己好像才開始認識丹尼！不過，他再怎麼好，若盈覺得這樣一個水性楊花的自己再也不值得丹尼這樣寬容的愛了！

就在她到印度的前幾天，突然收到了一封克勞斯的電子郵件，說什麼又要來臺灣看若盈了。不過在這兩三個月內，感情上就嚐盡了大悲大喜的她，雖然沒換來什麼大徹大悟，但克勞斯在她最需要他的時候撇下她音訊全無，在布拉格時彼得又像一面鏡子把自己照得原形畢露，她覺得再去見克勞斯根本就是多餘。不過，若盈想既然要結束，就結束的乾淨利落，而且她想看看自己是否對克勞斯真的已經是心如止水，所以她還是決定去見克勞斯最後一面。

她和克勞斯約在了竹東海邊堤防，這一夜繁星點點，海風徐徐吹來，好不浪漫的一個夜……

克勞斯已在這裡焦灼不安地等候多時，他事實上非常懊惱自己的猶豫不決和搖擺不定。在德國和碧雅安卡在一起時他可以克制自己完全不和若盈聯絡，可是一旦踏上了台灣的土地，就怎麼甩也甩不掉與若盈那一夜的烈火纏綿……

若盈的車終於出現了，他遠遠便望見那自己怎麼忘也忘不掉的若盈，她正打開車門，頭才露出車外的她，長髮便被海風吹得狂亂飛舞了起來，看得克勞斯有點心亂神迷，他邁開大步走過去正想給她一個熱情的擁抱，不料若盈竟伸出手向他問候：

「好久不見，你好嗎？」

面對她突如其來的客套，他一時之間不知如何是好，只能窘迫地伸出自己的手，結結巴巴地回答：

「我……很好！」

若盈穿著黑色絲質旗袍式的上衣，黑色絲質短裙，黑色的高跟鞋，黑色的雙眸，黑色的長髮，在黑暗中她看起來就是個十足的黑天使，她不溫不熱的看著克勞斯，禮貌地和他握手之後，便轉身走向堤防海邊。

面對若盈不溫不熱的眼神，克勞斯心裏卻感到一股冷冷的寒意，他知道若盈一定還在和他生氣，氣他前一陣子完全不和她聯絡，他如履薄冰地跟在若盈後面，兩個人就這麼一前一後沉默地走著，黑暗中翻滾的浪濤有如克勞斯忐忑不安的心，正焦急該如何啟口時，若盈突然又轉了身，神情卻是一潭不掀起任何漣漪的湖水：

「我離婚了，過幾天就飛印度。」

一聽到若盈離婚了，克勞斯的每一根神經和每一塊肌肉都緊繃著，又是一個「不知所措」，只感覺罪惡感像海浪般狠狠地一波波地向他鞭打過來！他低下頭囁嚅著說不出一句話。

若盈似乎讀到他的心思似的，不等他說什麼又丟了一句：

「你不用擔心，與你無關，這婚早晚也要離的，你只是根導火線，就算你不出現，也會有另一根導火線……」

「什麼與我無關？什麼導火線？」克勞斯心裏重複著若盈的話，他聽得是一頭霧水，今天她說的每句話怎麼他一句都聽不懂？他原本以為若盈會向他哭訴抱怨他的音訊全無，他都已經準備好要怎麼安慰她了，況且她既然答應和他出來見面，她一定還是思念他的。然而，今晚若盈的言談完全是在他的意料之外，楞頭楞腦的他毫無頭緒的望著若盈，她那黑溜溜的雙眼沒了熱情就像是無邊無際的黑夜難以捉摸，他覺得此刻的若盈根本就是個完完全全的陌生人……

克勞斯和若盈佇立在那邊，久久不說一句話。

最後，還是若盈打破了這僵局，不過說的卻是最後一句話：

「我已經選擇了要到印度，而你的選擇是什麼，我其實也不用知道……也希望你自己好好珍重！」

說完之後，便轉身離了去，留下茫茫然站在黑暗中的克勞斯……

開車揚長而去的若盈，心中繚繞升起一首徐志摩的詩——〈偶然〉，她沒想到自己在一生中竟有這麼一回活在徐志摩的詩境中，足矣！

我是天空裡的一片雲，
偶爾投影在你的波心——
你不必訝異，
更無須歡喜——
在轉瞬間消滅了蹤影。

你我相逢在黑夜的海上，
你有你的，我有我的，方向；
你記得也好，
最好你忘掉，
在這交會時互放的光亮！

若盈和克勞斯這段烈火情緣就在徐志摩的〈偶然〉和克勞斯的茫茫然中畫下了句點。

十個月以後她收到克勞斯的最後一通電話，在電話中他告訴若盈：

「我已經和碧雅安卡結婚了，我想和她快點有個孩子來管住自己不安份的心……」

第八章　「我是誰？」之旅

第八章 「我是誰？」之旅

飛機在黎明前的夜空中馳騁，若盈不記得自己在飛機上是否看到過太陽升起，只記得到達孟買時是印度時間凌晨左右，又是一個「漫漫黑夜」……

走出機場外面，撲鼻而來的是炎熱粘稠，參雜濃重機油味的空氣。若盈一開始並沒有注意到黑暗中有人，只看到好多雙眼睛在黑夜裏閃動著。待她再看清時，才認出站在黑暗中的是群深膚色的印度計程車司機，他們正等待著下機的旅客，有些司機手中握著寫有旅客名字的標示牌，若盈很快地就看到了自己的名字，托著疲憊的身子她隨著靜心中心安排的接機先生上了車。

從孟買到普那車程大概需要3個半小時，而孟買的街道即使在深夜還是擁塞不堪，馬路上的車道線對印度人來說似乎是多餘的，所有的司機只要看到有空隙就鑽，有人擋道他們就鳴按喇叭，若盈膽顫心驚地緊緊抓著車裡的扶手，深怕那「我是誰之旅」還未開始，「我」就已陣亡在路途中了。

一個小時後車子離開了孟買市區，接著他們進入了一條崎嶇迂迴的山路，車子一路上都在顛簸中行駛，沿路也沒有一盞引路的街燈。若盈睡眼惺忪的望著窗外，整個天地是一片伸手不見五指的黑，而車子就這樣開向那神秘的黑暗中，把她也帶進了那遙遙不可知的前程！

他們終於在清晨四點安全抵達了普那，若盈以為在靜心中心附近，隨處都可以找到旅館，所以並沒有預先訂旅館，沒想到每一家旅館都住滿了人，可憐的印度司機還得不辭勞苦地載著她到處找旅館。不過，皇天不負苦心人，他們終於在四點半左右，找到了有空房的旅館。

謝了司機之後，若盈走進了旅館房間，此時的她連打開行李的力氣都沒有，疲憊不堪的身子就這麼往床上一投，目不轉睛地她盯著天花板上垂吊的大風扇，風扇不停地轉動嗡嗡聲猶如她心頭停不下來的聲音：

「我在幹什麼？」

「我為什麼在這裏？」

「我為什麼把自己弄到如此田步？」

「我瘋了不成？」

而四周是那麼的寂靜無聲，回答她的只有浴室裏水管漏水的滴滴答答聲……

一夜也沒睡的若盈，清晨快7點就迫不及待地跑出了旅館，普那冬天的早晨很冷，空氣中仍帶點汽油味和一點焚燒垃圾的味道，整個街道車輛早已四面八方川流不息。

若盈站在偌大的馬路旁，東南西北完全不知靜心中心在哪個方向？她隨意選了個方向走了一段路之後，又隨意地越過馬路，走到路中間的安全島，身旁車流來來去去，就是看不到一個行人，正當她茫然不知所措時，右斜前方突然出現了一位正在在晨跑的印度人，她連忙跨過另一半馬路，攔住他問道：

「請問，你知不知奧修靜心中心在哪裡？」

路人稍微想了一下，轉身回頭指著不遠前方的一個紅綠燈說：

「那個紅綠燈口，妳看到了嗎？轉進那條稍微小的馬路再走進去，妳就會看到一些身穿酒紅色長袍的男男女女，妳只要隨便問他們之中的任何一個，就知道了。」

若盈走進了路人所指的馬路，遠遠地便已看到三五個身著酒紅色長袍的人正走進路旁的一家早餐店，她後來才知道那就是鼎鼎大名的「GermanBakery」，而那些身穿酒紅色長袍的人就是奧修的門徒。若盈連忙走進店裡，問了其中一位西方面孔的女門徒：

「請問奧修中心在那裡？」

女門徒很和善的指著馬路對面的一個小道：

「這條路往前300公尺左右，左手邊處就是大門了。」

若盈又急著問：

「我想在這附近租房子，妳知道那裡我可以租到房子嗎？」

女門徒耐心的解釋著：

「這附近都可以租到房子，不過，有位印度房東通常會在這裡吃早餐，妳可以問他看看還有沒有房間可以租給妳。等一下他來了，我會指給妳看……」

謝過那女門徒之後，若盈突然覺得肚子餓了，點了早餐後便在女門徒對面坐了下來。沒多久一位印度面孔，臉型方正的年輕男門徒走了進來，女門徒即刻用眼睛向若盈示意。

若盈丟下她的早餐，連忙走過去問他：

「我聽說你有房間可以租人是不是？」

男門徒一雙雪亮的眼睛打量若盈後問道：

「是的，請問妳要租多久？至少要先交一個月的房租。」

若盈沒想到那麼快就租到房間了，興奮的連忙點頭說道：

「沒問題。」

男門徒微微的笑著：

「妳等我吃完早餐，我一會就帶妳去看房間。」

若盈突然想到，她得退房，行李還在旅館裏：

「那你在這邊吃早餐，我去把行李拉過來。」

走出店外她看見很多像黃包車的交通工具就停在路旁，很小的時候她曾經和祖母坐過一回。她並不喜歡坐黃包車，覺得騎車的人太辛苦，不過還好印度的黃包車是電動的。司機們一見若盈站在路旁，便紛紛的向她靠攏問道：

「黃包車？」

若盈隨便挑了一個司機，把地址給了他，問他是多少錢？

司機回答：

「40盧比。」

她記得網頁上的旅遊指引，必須和印度人講價，因為價錢都被抬高了兩三倍，從來不太會講價的若盈，只好硬著頭皮的問：

「10盧比怎麼樣？」

司機即刻回應：

「30盧比！」

若盈接著說：

「20盧比？」

司機想了一下，搖搖頭說：

「OK！」

若盈見司機搖頭卻又說好，實在是不懂司機到底答應了還是不答應？

她於是又問了一次：

「20盧比，好嗎？」

司機又再度搖搖頭說：

「OK！」

她這才明白，原來印度人同意時是搖頭而不是點頭。

若盈和房東走進了一個房間，房間很簡單就一正方形，中間放了一張床，和一個靠牆的簡陋衣櫃。房東簡短的向若盈介紹了這層樓的環境後指著隔壁房間說：

「妳的鄰居是一個澳洲來的年輕女門徒。我只租房間給女孩子……門的斜對面就是共用的蹲式廁所和浴室。這是鑰匙，有什麼事隨時可以找我，這是我的電話。」

房東離去之後，留下若盈一人坐在床邊，她疲憊還帶有血絲的一雙大眼，環視著空洞洞的房間，突然間覺得自己像極了求道的苦行僧。記得在大學時，有一個算命的告訴她，在她許多的前世裏其中有一個就是個苦行僧！想到這裡，她心裡不禁自嘲，如果自己真有那樣的前世，那她肯定是個沒有慧根的苦行僧，不然怎麼會在這一世還了俗，還在滾滾紅塵中被七情六欲羈絆的那麼苦！

梳洗之後，本以為自己會好好大睡一覺，但她無論如何都睡不著，只要她一靜下來就會開始胡思亂想。那些對未來的恐懼感，對過去的罪惡感，對生命對自己的茫然感都會一發不可收拾地湧上心頭。為了逃離這無解的千頭萬緒，她決定走出房間，轉移注意力，繼續她靜心中心的探索之旅……

她漫步到了靜心中心大門，這裏門徒來來往往，在若盈的眼裏，男門徒個個看起來都很像「耶穌」，他們都蓄著頭髮，留著落腮鬍。這裏似乎有百分之六十都是西方白人，百分之三十是當地印度人，其他少數是日本人，還有極少的台灣人。

中心座落在一個很大的公園裏，感覺有台灣大學那麼大，區內共分為四個大區——主區、Mira區、金字塔區、還有奧修公園。中心到處都是花草綠樹、兩三個池塘分散在不同區。另外還有兩個餐廳、一個游泳池、一個網球場、一個什麼都有的雜貨店、數不盡的教室宿舍。聽說這裏甚至有自己的衛生實驗室，所有靜心中心的食物和水都必須經過嚴格的實驗室檢測。

中心主區內有一棟是奧修生前住的房子叫「老子屋」，老子屋內有一個小房間叫「三摩地」，聽說他的骨灰就放在那邊，很多的門徒們都喜歡在那靜心。不過，若盈最喜歡的還是奧修公園，聽說那裏原來是垃圾場，附近的居民常在那邊隨地倒垃圾，甚至把垃圾都倒在小河裏。後來奧修和門徒們一起費了好大的周折才將這區改造成一座清淨美麗的有機公園。不過附近的居民還是改不了把垃圾倒入小河中的習慣，所以他們便請了專家，設計了一條彎彎曲曲的小河貫穿整個公園，當垃圾流入公園時就會擱淺在河兩邊，這樣就可以隨時被清除，公園也就可以永保清新潔淨。

辦完進入中心的手續後，她在中心的雜貨店裡買了兩套酒紅色長袍和倆件白袍，她挺喜歡每天都穿一樣的衣服，這樣她就不用花腦筋去想今天要穿什麼。這也是靜心中心的用意，希望來靜心的人都能把注意力放在「心」上而不是「衣服」上。

隨後，她又參加了新人的說明會。原來所有來中心的人，每天都要參加清晨六點的動態靜心和下午四點的昆達里尼靜心，還有晚上的白袍之夜。她懵懵懂懂的知道所有的靜心都是在幫你「倒生命的垃圾」、喚醒「生命能量」、如何真正「活在當下」、及觀悟「我執」。白袍之夜則是一種結合對生命歡慶和凝聽奧修講道再加上靜心的一種門徒聚會。

若盈原以為靜心只是靜靜的坐著，而這裡的靜心卻參雜著身體動作、呼吸、音樂、再加上靜默。除了各種不同的靜心活動之外，從清晨到傍晚，靜心中心各個角落裏都有不同的活動，有些人在廣場上跳舞、有些人在學畫畫、有些人在做瑜伽氣功、游泳、打網球、有些人選擇只是靜坐或療程。另外，還有來自全世界各地的專家，也在這裡提供了各式各樣的心靈成長課程。總之，不管是什麼，只要對自己內在旅程有幫助的，靜心中心都有。

來到靜心中心之前，她以為這裡應該是莊嚴肅靜的，就像進入台灣的佛寺一樣。但這裡沒有一絲一毫的宗教迷信色彩，人們來到這邊來也不是持著什麼「看破紅塵、隱居山林」的避世態度，相反的這裡是在教人如何把生命活得更淋漓盡致。若盈用「欣欣向榮」四個字來形容靜心中心，不是物質上的「欣欣向榮」，而是心的「欣欣向榮」。

到這裡來的人，都有一個共同方向，就是想對生命有更深的體驗。整個中心散發著一種內蘊的生命力，若盈突然覺得自己不再孤獨，那麼多的人，來自全世界各地，不同的文化，不同的語言，不同的膚色，卻有著對生命相同的追尋和探索。

她很快地就愛上了這個地方，熟悉整個靜心中心的環境和所有的靜心活動之後，若盈的心也開始安穩了下來，情緒也平復了許多，兩天兩夜沒法闔眼睡覺的她，開始覺得有些倦意了，於是她決定先回房間小睡一會。

這時陽光仍然亮麗耀眼，街道旁綠樹掩映，沿街擺滿了叫賣的攤子，有賣水果的、印度小吃、鞋子、衣服……應有盡有。她滿心好奇地邊走邊看，就在快要到達宿舍時，一家上網中心霎時映入了眼簾。她的世界即刻從五顏六色的印度街頭，硬生生的被拉回到了台灣。她想這個時候父母親一定急得像熱鍋上的螞蟻到處找她，她鼓起勇氣走進了網站中心，找了一個有空位的電腦前坐下來，深深地呼了一口氣後，慢慢地上了網，然後再戰戰兢兢地打開了自己的電子信箱。果然，哥哥的信早已在信箱內等候多時。

「…………父母親命令妳即刻回家，和丹尼再復婚，丹尼說要離婚的人是妳，台灣的法律離婚後半年內還是可以復婚的。妳不能就這樣一走了之，妳這樣做太自私，也太丟我們家的臉……」

若盈不知要如何解釋，就算解釋了也會看起來像在自我辯解，為了避免越描越黑，她急急忙忙只寫了一句：

「我現在還不能回去，幫我告訴爸媽我在這邊一切都安好，請他們不要擔心！」

這幾天若盈每次上網，都會收到哥哥催促她回家的訊息。為了不讓自己心軟，意志不堅定，她每天都要告訴自己：

「經過了那麼多的痛苦和掙扎，才鼓起勇氣踏出了這一步，無論如何都不能再走回頭路……」

第九章　靜心

第九章　靜心

第二天清晨，天還未明，若盈就起床漱洗，換上了酒紅色的長袍。她住的地方到靜心中心走路大概是15分鐘，所以清晨5點40分若盈就得出門。普那的冬天雖然在白天像台灣夏天一樣攝氏30度左右，但清晨和夜裏溫度就降到了10度左右。她一邁出宿舍，冷颼颼的寒意便襲面而來，黎明前的天空仍然是一片的晦暗不明。

走進靜心中心時，池塘和游泳池的水面上仍然泛著一層白濛濛的寒氣，像是在等待清晨第一道溫暖的陽光。隨著數千個靜默的門徒，若盈也脫下了鞋走進了一個銀灰色的巨大帳篷——BuddhaHall，裏面鋪著一大片白色光亮的大理石，她便在這裡開始了有生以來的第一個靜心。

清晨的動態靜心對她來說是難度最高的，每次她都好想半途而廢，但每次做完動態靜心之後，她的身心便感到一種前所未有的輕鬆舒暢。不管是動態靜心、昆達里尼、白袍之夜或其他的靜心活動之後，幾乎每個人都會變得異常沉默，似乎誰都不願打破那與自己內心深處寧靜相處的片刻。有些人甚至在沒有做靜心活動的時候，也選擇在身上掛個「靜默」的牌子，意思就是這個人正在靜心，任何人都不應該和他或她打招呼，以免斷了他們的靜心。

在靜心中心Mira區的最盡頭，若盈找了個人煙稀少、綠樹掩映的角落，沒有參加靜心活動時，她便躲在那裏彈吉他。不過漸漸地卻吸引了越來越多喜愛音樂的門徒到那邊和她一起彈吉他或交換樂譜。在這裡每個人都是朋友，年紀、國籍、膚色、性別根本不是距離。走在靜心中心裏，不認識的門徒和你打招呼也是稀疏平常的事。

若盈的新朋友當中比較常在一起聊天吃飯的就是哈格特。哈格特27歲，一頭棕色長長的捲髮，非常稚氣的小臉上有著一雙敏感羞怯的棕色大眼，瘦瘦高高194公分，狹窄的肩膀讓他看起來比實際還要瘦高。他告訴若盈他是荷蘭人，後來和他在一起旅行的途中，若盈才知道他爸爸其實是德國人，因為希特勒的歷史，他相信很多人都討厭德國人，所以他都告訴別人自己是荷蘭人，不過因為他媽媽是荷蘭人，所以他也不覺得自己是在說謊。

哈格特還告訴若盈，他的爸爸是一個非常彪悍的德國大男人，哈格特小時候說話會結巴，彪悍的父親沒有辦法接受這樣一個兒子，每次看他說話開始結巴時就會很氣憤的打他，若盈很訝異哈格特會向她坦露這樣一個悲慘的童年往事，她很同情他，所以一直把哈哥特當作是很需要被呵護的弟弟。

一天哈格特和若盈同去參加了一個叫「鏡子靜心」的簡短說明會，說明會的場地是在靜心中心的金字塔區，那一區黑色平滑的金字塔頂樓林立，會場那棟樓的旁邊有一個蓮花池，蓮花池旁有一張椅子，那是若盈最喜歡的靜心角落。上了樓房後他們走進了鑲著藍色玻璃窗的教室，室內擺滿了榻榻米和坐墊。接著他們看見一位英姿煥發、身形挺拔的黑袍男門徒站在人群中間。在靜心中心，門徒大部分時間都穿酒紅色長袍，只有上課的指導師才穿黑袍，另外白袍之夜全部的門徒才都換上白袍。

黑袍男門徒有著一頭深褐色的卷髮、濃濃的眉宇下一雙炯炯有神的藍綠色大眼、雙眸內流露出一股強烈的靈性、高而挺直的鼻樑、鼻樑下鑲著薄薄的兩片唇、還有一個棱角分明的下巴，笑容是那麼的溫煦豁達，若盈感覺他好像太陽一樣溫暖亮眼。她和哈格特一致猜想他一定是靜心了很多年，於是他們便私底下給他取了個綽號叫「黑袍太陽」。

黑袍太陽用他那帶有磁性的聲音開始上課，整場說明會裏有一個非常簡單的練習，對若盈的衝擊卻非常大。

太陽叫大家兩人一組，其中一人閉上眼睛觀察自己的呼吸並覺察自己的內心，而另一個人則觀察閉上眼睛的同伴並覺察自己的內心，接著彼此互換角色。

若盈也跟著閉上眼，不過卻納悶著：

「這個練習的目的是什麼？要有怎麼樣的呼吸和覺察才算是正確的？」

5分鐘之後太陽叫每個人睜開眼睛，接著他開始問：

「有誰願意告訴我，在那5分鐘你們覺察到了什麼？」

許多人都給了各式各樣的回答，若盈卻還像一般害羞的台灣學生一樣不敢表達，怕自己的回答是錯的。她一直在等待太陽的標準答案，然而太陽並沒有所謂的標準答案。她一頭霧水：

「怎麼就沒有標準答案呢？」

就在若盈問這個問題的「當下」，她突然看到一個沒有行為準則就無所是從的自己，也同時看到了一個擔心犯錯而無法相信自身的體驗就是答案的自己。

這5分鐘她就這麼錯過了！有生以來她第一次體驗到那禁錮於自身的思維模式和對那行為準則的依賴，是如何在她多少個「無知無覺」的當下中切斷了她自由體驗生命的觸角。

此時此刻她突然覺得自己那幅已被打散的拼圖，似乎已經沒有再被重組的必要；而她覺得自己更像顆洋蔥，被剝開一層後還有一層，然後又還有一層，層層剝不完。每剝一層帶來的可能是驚喜，可能是傷痛的淚水，也有可能是另一個迷惑不解和另一個新的開悟。

從小若盈對生命就有一種說不出的空虛感，不過，剛開始只是偶爾突如其來的感受，來無影去無踪的，她並不怎麼在意。但隨著年齡的增長，空虛感卻與日俱增，直到和丹尼在一起那幾年，就成了日日夜夜永無止境的折磨了。那是種對生命的一切突然失去了意義和連結的感覺，每當這種空虛感來襲時，她就像一條被擱淺在海灘上的魚，一張嘴拼命的開開闔闔，就是吸不到滋養生命的氧氣，吸進的是空，吐出的也是空！

「為什麼會這樣呢？」她經常自問。

國中高中時她常溺在圖書館翻遍了許多哲學、宗教的書，從托爾斯泰、叔本華、尼采、老莊學說到禪理、佛教、基督教……上大學時她也曾經參加了小張老師社團，但一切都是徒勞無功！她找不到答案，「為什麼」之後還是永無止境的「為什麼」。靜心體驗之後，她似乎看到邏輯思維下的「為什麼」好像解釋不了生命的萬千奧秘。

而就在這一夜，她夢見自己化作了一條在海裏悠然來去的魚，不知何時被抓上岸，突然間她發現自己置身於廚房的砧板上，火爐上正燒著一鍋熱滾滾的油湯，嚇得魂飛魄散的她拼了命地縱身彈起，彈到了一淺灘上，苟延殘喘的她看見了克勞斯，克勞斯蹲下凝視著她，瞬間他藍色雙眸化成了一片大海，她盡情扭動著魚身，無比暢快地在海裏嬉戲，突然間克勞斯的藍色大海化成了泥爛不堪的沼澤，在爛泥中垂死掙扎的若盈，耗盡了九牛二虎之力，跳出了沼澤，突然，彼得的金黃色頭髮化成了沙漠，他藍色雙眸卻化成了湛藍的天空，若盈發現自己正躺在離綠洲不遠的金黃沙漠上，湛藍的天空突然下了傾盆大雨，將若盈沖到了綠洲的湖裏，死裡逃生的她正要放身暢游時，綠洲湖水突然間又化作了海市蜃樓……

她悵然若失地從夢中醒來，卻在午夜夢迴時恍然大悟，原來自己一直尋尋覓覓的是那可以讓魚悠然徜徉的大海，那可以躍動生命的大海；而那大海並不在任何一本書上，也不在這段感情或那段感情裏，更不在這個男人或那個男人身上。此時此刻的若盈雖還是不清楚自己怎麼就成了條擱淺的魚，但她彷彿明白只有回到那生命的最原點與那大海連結上了，她才能看清生命的全貌。

時間就在她一連串的驚喜、淚水、另一個迷惑和另一個開悟中過了兩個月，此時的她雖還在似懂非懂中探索，但已不再是離開台灣時那個茫然無所是從的自己。為了能夠更全然地投入這個生命的探尋之旅，她決定先回台灣給家人一個交代後再回靜心中心。

不管變得再怎麼堅定的若盈，在回台灣的飛機上還是像犯了滔天大罪，回家認罪的孩子一樣，惶恐不安地她預想著見到父母親時的千百種可能會發生的情況，她事實上希望回家的路越長越好，最好是永遠回不到家，不過飛機最終還是慢慢地在桃園國際機場的跑道上滑落，人家只是「近鄉情怯」，而此刻的若盈卻是「近鄉恐慌」，走出飛機場的她戰戰兢兢的站在路旁等候著父親的車。

不久，父親的車子慢慢的向她駛近，接著慢慢停下來，她看著父親打開車門，走下車，面無表情的走近她，看也不看她一眼的把她的行李接了過去後丟到了後車廂。接著若盈自己打開車門，一跳上車便看到媽媽坐在前座，接著父親坐回駕駛座，車子慢慢移動，離開了機場。

車內開始是一片寂靜無聲，若盈也不敢吱聲。坐在前座的母親這時轉頭看若盈，瞧見她的女兒穿的像乞丐一樣，臉上也不施一點粉脂，還曬得黑黑瘦瘦的，幾個月憋得慌的焦慮和心酸一股腦兒地隨著淚水湧了出來，她泣不成聲的哭喊著：

「這還是我女兒嗎！？嗚嗚……我的女兒怎麼會變成這麼邋遢，嗚嗚……這還是我女兒嗎！？」

母親的腦海中還留有自己女兒亮麗的辦公室穿著和一副女強人的模

樣。一直只是家庭主婦的她，非常驕傲女兒不僅是精明幹練的上班族，而且還嫁了個不錯的美國如意郎君。如今，她對女兒的期望算是徹徹底底的落空了！

看見原來就有憂鬱症的媽媽哭得那麼傷心，若盈忍不住心疼，坐在後座的她眼淚好幾次悄悄流了出來又偷偷的被自己拭了去。

正在開車的爸爸這時也忍不住開罵了：

「看妳做的好事，為了妳的事，妳媽媽天天以淚洗臉，妳怎麼就那麼狠心，一點良心也沒有，沒事妳和丹尼離什麼婚，做人不是這樣做的，一點責任心也沒有，我看妳也不用把我當妳爸爸了，我也沒有妳這樣的女兒……」

說到這裡若盈的媽媽哭得更大聲更傷心！

一路上若盈就這樣任憑父母責罵，一聲也不敢吭的回到了家！

走進家門，若盈一看到哥哥，便知道救星來了。哥哥和她只差了一歲，從農曆來算，哥哥是年頭生的，而若盈是年尾生的。雖然他每天寫電子郵件責罵她的自私，並催促她回家，但若盈從小就和哥哥親近，她知道哥哥最後還是會幫她解圍的。

果然不出所料，哥哥一開口便說：

「好了啦！你們也別罵了，人回來就好了，事情已經發生了，罵那麼多也沒用！」

另外一方面，若盈的家人並不了解靜心中心，以為靜心中心就是吃齋念佛的地方，深怕若盈一時想不開出家為尼，所以也不敢把話說的太重。尤其是哥哥，他知道若盈從小就喜歡看人生哲學的書，沒事還會跑到教堂或深山的廟裡和尼姑們聊天挖竹筍，而且動不動就問奇怪的問題：

「人活著是為了什麼？」

他還記得在高中時候，若盈用了一個很奇怪的比喻：

「哥，我覺得人很像火車，離了軌道就無法行駛了」

他問她是什麼意思，

她一本正經地解釋：

「軌道就是指社會上一切的教條規範和那生命不變的輪迴——出生、長大成人、結婚、生子、變老、死亡……我覺得像火車那樣活很空虛。」

他莫名其妙的看著自己的妹妹：

「不這麼活，那該怎麼活？」

她搖搖頭：

「不知道……」

在感情上她更是不按牌理出牌，當初啟斌明明就要娶她了，她卻和人家分手逃到雪梨去；現在又不知從哪裡認識個德國男人把好好的婚又給離了，以為離了婚的她應該是逃到德國，怎麼卻又跑到什麼印度靜心中心去，他覺得自己的妹妹不是瘋了就是真有出家的傾向！

幾天之後，大家的情緒也稍微平復了下來，哥哥開始試著勸若盈：

「真的決定不再和丹尼復婚了嗎？丹尼說是妳要離的婚，他隨時可以和妳復婚。」

若盈也不隱瞞的說：

「我對丹尼感覺就像親人，沒有男女之間的熱情，回去只會更傷人。」

哥哥嘆息了一聲：

「唉！我和妳嫂結婚那麼久，也覺得她就像我家人一樣，這本來就很正常的……」

他接著又說：

「妳現在已經31歲，妳若現在放棄和丹尼這樣一個大好姻緣，以後妳再要找對象就難了……」

若盈不知該如何向哥哥解釋她所有的心路歷程，不過她還是簡短地告訴他：

「和丹尼在一起的感覺比一個人的時候還孤獨！」

哥哥一隻手搔了搔頭，滿臉疑惑：

「妳呀，我真不知道該怎麼說妳了……」

「那你接下來要怎麼辦？」他又問。

若盈若有所思的回答：

「不清楚，暫時先回靜心中心再說，以後的事以後再想！」

就這樣若盈告訴了家人，她還是要回靜心中心，並保證她不會出家當尼姑，希望他們不要太擔心她。

愛面子的父親首先同意女兒再度離開。他擔心離了婚的女兒如果還一直待在家裡，早晚會被親戚朋友識破女兒離婚的事實，到時他的面子就真不知該往那邊擺。他下令任何人都不准把這「家醜」外揚出去，若有親戚朋友問，就說若盈那兩口子搬回美國住了。

可憐若盈的媽媽，再怎麼捨不得自己的女兒，為了家裡的面子，也不得不讓女兒再度離去。不過，女兒離開台灣的那段時間，焦慮的她與丈夫拿著女兒的生辰八字和相片，跑到一個聽說很靈驗的算命先生那邊幫女兒算了個命，算命先生告訴了他們：

「你們的女兒命很好，不用算了！」

看見女兒這般落魄光景，算命先生還說女兒命好，他們實在很難相信，不過管他準還是不準，算命先生的話多多少少還是起了點安慰作用。而若盈也總算了一樁心事，得到父母親的同意後，她再度回到了靜心中心。這次若盈終於可以完全放下台灣的包袱，一心一意的繼續她生命探尋之旅。

第十章　太陽之約

第十章　太陽之約

日子如飛，若盈終於渡過了生命中最熱卻又最難熬的冬季。

三月的普那正是萬物生長的夏季，和若盈的心情一樣，早已迫不及待趕赴一場生命的盛宴。在這個繁花盛開的季節裏，空氣中充滿著濃濃鬱鬱的花草芳香，鳥兒也開始齊聲歡唱生命的交響樂；不過就在日日40度的酷暑高溫把若盈曬得暈頭轉向時，五月底的第一個芒果雨又送走了那烈日炎炎的夏季，雨季終於在若盈的期待中姍姍來遲，每一次滂沱大雨後，一根根的青竹拼命地往上延伸，直到青竹都已參天時，若盈已在靜心中心又渡過了一個漫長的雨季。這時台灣的一切對若盈來說，只不過是一段恍若隔世的封塵往事。

除了靜心上課之外，若盈後來也加入了工作靜心營。所謂工作靜心的意思就是在工作的時候也隨時隨地不忘覺察所謂的「我執」。靜心中心提供了各式各樣的工作崗位，希望來學靜心的人將來回到社會上工作時，也能夠將靜心的本質帶入工作裏。

有一天和哈格特一起吃午飯的時候，他告訴若盈：

「我下星期就要到印度其他廟宇去看看。」

他繼續說：

「印度有很多廟宇住有活著的靈性大師，靈性大師每天某個時段都會和他們的信徒們見面。我有很多同道朋友都親身感受到靈性大師的能量。而這能量可以讓人體驗到所謂三摩地的境界。」

若盈並不喜歡崇拜神跡之類的事，小時候父母親只要一有事，就要到這個廟裡那個廟裡拜拜。她從小就在想，每個人都向神明求這個求那個，神明怎麼忙得過來，而且到底要幫那個好，大概也讓神明很頭痛。她甚至懷疑神明只是苦苦眾生創造出來的一種希望的假象。總之，這幾個月來的靜心體會，她覺得悟道是一種去「我執」的過程，師父可以點醒你，但無法幫你去完成那個專屬於自己的過程。不過她又想既然已經到了印度，何不隨哈格特去增廣見聞，於是便問：

「聽起來很有趣，我可以和你一起旅行嗎？」

哈格特害羞的眼裡含著隱隱的喜悅：

「沒問題，不過我火車票已經買好了，待一會我們吃完飯後，再去看看還有沒有票？」

若盈和哈格特吃完飯後便一起去售票處看看，買到了票後她與哈格特的行程就這麼定了下來。

像若盈和哈格特這樣的相約同行，在歐美年輕人的旅途中是很常見的。歐美人趁著年輕都會到世界各地去自助旅行，若在旅途中遇到談得來的朋友，就會自然而然的相約同行。同行到某個點，若彼此的路不同了，就隨意散夥各走各的路。

就在離開普那的前兩天，若盈正背著吉他走在靜心中心的路上，她遠遠的便看到「黑袍太陽」迎面走來。

「那不是半年前鏡子靜心的太陽嗎？」一時之間她高興的不知如何是好。不過，她想太陽大概不會記得她參加過他的鏡子靜心說明會，所以她覺得還是假裝不認識他比較妥當。

不過就在他們正要擦身而過的這一刻，黑袍太陽卻向若盈打了招呼：

「妳身上背的是機關槍嗎？」

她因為太緊張所以沒聽懂他的幽默，好像隱隱約約地只聽到他在問，她在背什麼之類的……

「哦，是吉他。」

太陽露出驚訝的神情：

「妳會彈吉他，是什麼樣的吉他呢？」

「是佛朗明哥吉他。」若盈興奮地回答。

「佛朗明哥吉他，真厲害！」

若盈覺得有點不好意思：

「其實我也只是興趣而已，彈得並不好，有時候我用它來彈古典曲。」

太陽那明亮的雙眼環顧了四周一下：

「妳都在那裡彈呢？」

若盈微笑中帶點羞澀：

「我怕彈得不好被人笑，所以特地找了個比較隱秘的地方。」

「那裡呢？」

若盈用手指了個方向：

「就在靜心中心Mira區的最盡頭。」

「太陽」順著她指的方向看了看：

「哦，我知道了。」

接著太陽向若盈微微點頭示個意後，便往不同的方向走了去……

當若盈走出靜心大門時，她不敢相信剛剛所發生的一切，沒想到半年之後，她竟然又遇見了太陽，而太陽竟然主動和她打招呼！她整個步伐都輕飄了起來，雖然在靜心中心，人們停下來聊個幾句是再平常不過的事，但若盈還是掩不住心中的喜悅，一路上就這麼傻笑著走回宿舍。

第二天若盈到她原來彈吉他的地方，不過她的吉他朋友們建議移位到離原地不遠的空地上去，和更多的朋友一起彈唱。心神不寧的她邊彈著吉他邊在想：

「不知太陽會不會來找她？」

每彈一段時間她都忍不住要左顧右盼一番。

沒多久她便看見那似曾相識的身影從遠處走來，她驚訝地在心中喊著：

「啊！是太陽……」

若盈興奮地想飛奔過去叫住他，但又無法確定他是不是真的過來找她的，只好眼巴巴地隨著他走去的方向望去，不一會他就在若盈告訴他的地方停住了腳步，她好高興卻仍然不敢相信他是真的為她而來，於是便在心裏默念：

「如果他能在我不喊他的情況下看到我，就表示我們兩有緣……」

就在幾秒中的時間，太陽轉身四處眺望了一下，不經意地便和若盈的視線相會合。

看著太陽從容不迫的正朝著她走來，她的心撲通撲通地跳著！

太陽越走越近，到了若盈面前時他停了下來，先和其他人打了個招呼之後，就問她是否可以讓他看看她的吉他，她很高興地把吉他遞過去給他後解釋說：

「這把吉他，是我台灣的吉他老師前幫我從日本買來的，不過，從這把吉他的簽名上看，工匠應該是西班牙馬德里人。我的吉他老師說，這把吉他比一般吉他還小，小點的吉他正好適合我的手。」

他端詳了一下吉他後，瞄了一下若盈的手，把吉他又遞還了給若盈：

「能不能彈一曲看看，看這把吉他音色如何？」

若盈選了一曲比較簡單而且比較不會出錯的法路卡舞曲給他聽。

彈畢後他微笑的鼓掌稱讚：

「不錯！不錯！」

若盈知道自己的吉他是難登大雅之堂，他的讚美只是禮貌禮貌而已，她還記得當初要求吉他老師教她彈佛朗明哥時，老師笑著拒絕：

「我看妳還是學跳佛朗明哥舞可能比較容易些。」

不管老師怎麼說，她還是買了CD和樂譜自學了起來。在那一段空虛的婚姻生活裏她突然迷上了佛朗明哥的音樂風格，那是一種從生命深處爆發的熱情，就像她在吉他的六弦上，快速地連環彈指時那樣的淋漓盡致！

太陽又接著說了：

「我也有把古典吉他在房間裏，已經很久沒彈了！」

若盈後來才知道太陽在大學主修音樂和哲學，他的古典吉他彈得極好，在學生時代還曾經當過古典吉他家教。

這時若盈突然想到明天就要和哈格特到印度其他的廟宇走走看看，她覺得應該讓太陽知道：

「其實，今天是我在這裡的最後一天，明天一早我就要和朋友到印度其他的地方去走走看看。」

太陽露出微微訝異的神情

「哦！」了一聲後繼續說：

「嗯……我現在還有一些事要忙……不然這樣，今晚白袍之夜後，我請妳到意大利餐廳，就算是送別吧！」

若盈暗自竊喜：

「離別前能與他共進晚餐，也算是如願以償了……」

於是便輕快的點頭答應了：

「好吧，白袍之夜後就在靜心中心的大門口見面。」

白袍之夜後若盈便滿心歡喜的往靜心中心大門的方向走去，遠遠的她就看到太陽已經在那兒等她，他已經換上了便服——一件白色長袖上衣，和深藍色的牛仔褲。若盈喜歡他穿便服的樣子，覺得他看起來比較像「凡人」，沒有那麼遙不可及。

接著他們一起到附近的意大利餐廳。點完菜後，他們開始閒聊，這時若盈才知道太陽的名字叫沃夫崗，德國人。

「怎麼又是德國人，看來自己和德國人還真挺有緣的……」若盈暗暗的想。

沃夫崗坐在對面的椅子上，俊俏的神態裏有著一種雍容不迫的自在和穩重，他開口問若盈：

「妳的名字是？」

「中文名是若盈，英文名是珍妮弗，隨你怎麼叫。」

他嘴裏輕輕地重複唸著「若盈」這兩個字，若盈後來才知道，他與生俱來音樂家的聽力，讓他學語文發音學得特別快。

沃夫崗微微地牽動了嘴角，眼裏含著迷人的笑意：

「我喜歡妳的中文名，珍妮弗到處都是，而若盈只有一個。」

「從哪裡來？」沃夫崗又問：

「台灣。」

「哦台灣！妳怎麼會一個人來這裡？台灣人都是組團來的。」沃夫崗有些訝異。

若盈不加思索的回答：

「我喜歡一個人旅遊。」

他靜謐的雙眸有光閃動了一下：

「妳是怎麼知道奧修的？」

若盈也不知道為什麼，也不擔心沃夫崗會不會批判她是個「壞女人」，她把她如何外遇，不斷地心動，又如何在無意之中讀到奧修的書後，內心所受到的衝擊，以及如何離婚的過程，原原本本的都告訴了他，最後還加上一句：

「我是條擱淺的魚，誤把愛情海當大海了！」

沃夫崗垂下眼簾，喃喃自語地咀嚼這句話後，便豁達地笑了出來！

其實在半年前的「鏡子靜心」之前，沃夫崗早就注意到了若盈，那天沃夫崗正在廣場的角落招生，不經意地看到面容姣好、長髮飄逸的若盈，步伐輕盈地正走過廣場，她手裏正拿著樂譜，往影印中心的方向走去。他遠遠地望著她，那時他心裏就在想：「哪來的一個優雅動人的女子？」。不過，由於正忙著招生，所以他當時並沒有過去和若盈打交道。

在鏡子靜心說明會上，他又看到了若盈，她那燦爛的笑容讓他不得不把他的視線移開，不然他無法專心講課。上完課之後又被一大堆學員圍繞著問問題，等到學員都散去時，她早已離去，而自己第二天又必須飛倫敦，所以又錯過了認識她的機會。

在倫敦時他也不太清楚，為何她那風姿綽約的身影和那燦爛的笑容偶爾會浮上心頭？不過靜心中心的人來來去去，再見到她的可能性幾乎是零，於是他很快便把她給淡忘了。

沒想到半年後，他竟然在靜心中心又和她不期而遇，第一次仔細端詳她的臉，才發現她的雙眸是那麼深邃溫柔，瞬間把他的心都給融化了，他決定這次不再錯過。到她彈吉他的地方時，又發現她真彈了一手佛朗明哥吉他，東方的柔美加上佛朗明哥的豪邁熱情，這是個多麼絕妙的組合。

今晚他終於有機會和她好好聊聊，言談舉止間她流露出一種內蘊的風情萬種，甜美的笑容讓全世界都想和她一起笑；嬌小的外形下卻又藏著強烈獨立的性格；而那「自己是條擱淺的魚」，更讓沃夫崗覺得她看事情的角度很獨特很有意思，他深深地被眼前這位謎一樣的東方女子吸引著。

若盈坐在那裡，並不知道他在想什麼，只覺得此時此刻她眼前這位才剛認識的男人，似乎給了她一個可以盡情傾訴的空間，自從離婚後若盈一直覺得罪孽深重，她從來就沒向家裡以外的人提及過這件事，今晚算是第一次，說完自己的故事後她頓時心中感到無限的自由暢快！

這時他們點的菜來了，若盈也想多了解沃夫崗，於是便轉了個話題：

「你在這邊有多久了？」

他不慌不忙地算了算：

「大概是19年前吧，奧修還在身體的時候就來了。」

若盈心裏暗暗的想：

「果然沒錯，沃夫崗算是靜心很久了，19年前就開始靜心了。」

「那你是怎麼來到靜心中心的？」若盈又問：

沃夫崗優雅地用他兩手的刀叉將他盤中意大利麵送入口中，細嚼慢嚥後，開始長話短說：

「剛上大學那年暑假，我決定一人去自助旅遊，於是便從德國科隆一直往西南邊到巴黎，然後轉東南到伊斯坦堡、接著跨過伊朗到巴基斯坦，越過巴基斯坦沙漠後，便飛到了印度。到了印度途中就聽到有關靜心中心的一切，剛開始以為會來靜心中心的人都是些想逃避社會責任、不敢接受生活挑戰的人，所以對這個地方一點興趣都沒有。但後來認識了一些很不錯的門徒……我想，若連這些門徒都說這地方好的話，應該是不會太差的地方，而且既然自己已經來印度了，就不妨順道過來看看，只不過沒想到一進來靜心中心，就愛上了這個地方，從此以後我就開始歐洲印度來來去去……」

對於歐美年輕人這種自助旅遊的方式，若盈總有說不出的嚮往，而這也是為什麼她想和哈格特一起去旅遊的另一個原因。雖然自己此刻已不再年輕，但她也想要像歐美年輕人一樣，在自己的生命中有這樣一次的旅行經驗。更何況，她現在已經算是沒有家的人了，去哪裡都是流浪，去哪裡也都是家！

沃夫崗不太多話，若盈問什麼他才回答什麼，所以大部分的時間都是若盈在談她對靜心中心的體驗。她覺得和沃夫崗在一起的感覺很舒服，他好像是一顆安神丹，就這樣沐浴在他靜謐的雙眸，溫煦的笑容裏，再怎麼騷動的心，都會自然而然地靜下來！她開始覺得和他有點相見恨晚，因為自己明天就要隨哈格特到其他地方去了。

晚餐結束後他們互換了彼此的電子信箱，由於餐廳離若盈的宿舍還有一段距離，而此時已是入夜時分，沃夫崗便陪著若盈走回宿舍。

走過兩旁房舍排列的街道後，接下來便是一片曠野，連一盞街燈都沒有的小道。他們在月下靜靜地漫步著，柔柔的月華瀰漫在神秘的夜空中，四面是一片深深的萬籟俱寂，天地宇宙間彷彿就只剩下沃夫崗和若盈了。

就在此刻，沃夫崗突然感覺一團濃烈的暖流在自己胸口緩緩擴散，盈了滿腔滿懷的柔情萬丈後，又緩緩地擴散到自己的手，隨著暖流，他的手就這麼被牽引到若盈的手，於是他轉頭溫柔地看著若盈，見她如月般寧靜的花容，便輕輕地讚歎：

「月色真美……」

然後把視線又移向天邊那一輪明月。

而若盈此刻正體驗到一種前所未有的心境，那是一種對此時此刻、天地萬物說「是」的心境。她的「是」是那麼的全然，當沃夫崗握住她的手時，她並沒有絲毫的訝異。在那個沁涼如水的夜裏，沃夫崗的手又厚實又溫暖，一股暖流就這麼從沃夫崗的手心潺潺流進了她的心，若盈多希望這條回宿舍的路是沒有盡頭的……

然而，再美的相遇也有曲終人散的時候，不知不覺他們已經走到了若盈的房門口，沃夫崗這時開口打破了這美麗的片刻：

「妳回到靜心中心時，通知我一聲！」

她楞了一楞，心不甘情不願的把自己從這個短暫的永恆中拉出來，「嗯！好……」心底升起一股莫名的失落感，

然而一想到自己所尋的是那躍動生命的大海而不是那稍縱即逝的愛情海時，轉身回房的她卻也釋然的告訴自己：

「也好……」

沃夫崗並不知道，這次他又錯過了若盈，他以為若盈過幾天就會再回靜心中心，沒想到她並沒有再回靜心中心，而是飛到了紐西蘭；最讓他意想不到的是，再次和若盈見面時竟然是在八個月之後，他自己國家南

部的一個小城——德國肯普滕。

而此時的若盈更像是沒有根的浮萍，連自己不會回靜心中心而是飛到紐西蘭都不知道……

完

後記

記得自己在還未學會說話的年紀，曾經和爸爸、媽媽、哥哥到河邊抓魚。還不會走路的我，被媽媽擱在河邊的一顆大石頭上。我獨自一小孩坐在石頭上，兩眼滿滿的是星子般的流波閃耀，陽光和煦地灑在家人們彎腰抓魚的身影，醉人的微風輕舞著落葉，碧綠的溪流哼著輕柔，整個的我微微盪漾在清風溪流的曼妙中。

不知不覺地，小小的心靈乘上那極深極慢的一起一伏，渾然有如天地的吐納……漸漸地，一種不能言語的、深深的靜謐圓滿悄然升起。那一刻，天空、陽光、石頭、溪流、小魚、微風、落葉、爸爸、媽媽、哥哥和我化作了一！

這深深的靜謐圓滿在後來成長的日子中從未再有過。不知何時，山川美景在自己眼中慢慢褪了色、厚厚的灰在心靈上蒙了一層又一層、歲歲月月年年也在自己的糊里糊塗中漸漸逝去⋯

當生命的觸角不再能觸摸到喜悅，我開始了千山萬水的探尋。兒時片刻的體驗，其實早已遺忘。然而，在迂迴的旅程中，那一刻卻不斷地湧回腦海，彷彿在告訴我，那深深的靜謐圓滿，只有一顆純淨放空的赤子之心才能觸碰得到。或許，自己所踏上的就是一場裝滿又放空的旅程，起點和終點其實都落在了同一點上！

風箏秋

2016年8月18日西班牙馬約卡島

國家圖書館出版品預行編目資料

不能停止心動的女人 / 風箏秋著. -- 初版. --
臺北市：博客思，2016.10　面；　公分
ISBN：978-986-93351-1-9（平裝）

857.7　　105012665

現代輕小說 9

不能停止心動的女人

作　　者：風箏秋
編　　輯：高雅婷、沈彥伶
美　　編：林育雯
封面設計：林育雯
出 版 者：博客思出版社
發　　行：博客思出版事業網
地　　址：台北市中正區重慶南路1段121號8樓之14
電　　話：(02)2331-1675或(02)2331-1691
傳　　真：(02)2382-6225
E—MAIL：books5w@yahoo.com.tw或books5w@gmail.com
網路書店：http://bookstv.com.tw/ http://store.pchome.com.tw/yesbooks/
華文網路書店、三民書局
博客來網路書店 http://www.books.com.tw
總 經 銷：成信文化事業股份有限公司
電　　話：02-2219-2080　傳 真：02-2219-2180
劃撥戶名：蘭臺出版社　帳號：18995335
香港代理：香港聯合零售有限公司
地　　址：香港新界大蒲汀麗路36號中華商務印刷大樓
C&C Building, 36,Ting, Lai, Road, Tai,Po, New,Territories
電　　話：(852)2150-2100　傳真：(852)2356-0735
總 經 銷：廈門外圖集團有限公司
地　　址：廈門市湖裡區悅華路8號4樓
電　　話：86-592-2230177　傳 真：86-592-5365089
出版日期：2016年10月 初版
定　　價：新臺幣250元整（平裝）
ISBN：978-986-93351-1-9